Spes   Nostra

ARCHIVES

PÈLERINAGES ET SOUVENIRS

DU SANCTUAIRE

DE

N.-D. DE TOUT-ESPOIR

PAR

L'ABBÉ J.-E. SOULERAIN

ANCIEN MISSIONNAIRE

Curé de St-Genès-de-Créon

TARBES

Imprimerie PERROT-PRAT, Rue Larrey, 46

1890

Spes Nostra

ARCHIVES
PÈLERINAGES ET SOUVENIRS
DU SANCTUAIRE

DE

N.-D. DE TOUT-ESPOIR

PAR

L'ABBÉ J.-E. SOULERAIN

ANCIEN MISSIONNAIRE

Curé de St-Genès-de-Créon

TARBES
Imprimerie PERROT-PRAT, Rue Larrey, 46

1890

EN VENTE CHEZ L'AUTEUR

M^r l'Abbé SOULERAIN , curé de Saint-Genès
par Créon (Gironde)

1° LE VADE-MECUM du pèlerin à
Notre-Dame-de-Tout-Espoir.

PRIX : 1 Fr.
Par la Poste : 1 Fr. 50
CONTRE UN MANDAT-POSTE

2° ARCHIVES, PÈLERINAGES ET
SOUVENIRS, pour faire suite au
Vade-Mecum , le compléter et le
rectifier.

PRIX : ....

*Ces Ouvrages se vendent au profit de l'œuvre
du Calvaire en construction.*

CRUX SPES

A LA MÉMOIRE

DE L'EMINENTISSIME SEIGNEUR

AIMÉ-VICTOR-FRANÇOIS GUILBERT

ARCHEVÈQUE DE BORDEAUX

Cardinal-prêtre de la Ste-Eglise Romaine,

MORT A GAP

APRÈS UN PÉLERINAGE A N. D. DU LAUS;

AU PONTIFE RÉVÉRÉ

qui favorisa, bénit et enrichit d'Indulgences
le culte consolant de Notre-Dame
de Tout-Espoir,
et mérita d'entrer dans le repos et la gloire
le jour même de l'Assomption de Marie ;
(15 AOÛT 1889)

HOMMAGE DE PIÉTÉ FILIALE

DE RECONNAISSANCE

et

DE REGRETS !

A

Monsieur l'Abbé PETIT, Vicaire Capitulaire,

(Sede Vacante.)

Monsieur le Vicaire Capitulaire,

Pour le bien des âmes, pour l'édification et l'honneur de ma petite paroisse, il m'a semblé légitime et utile tout ensemble, de livrer à la publicité locale les Archives, Pèlerinages et Souvenirs du Sanctuaire de Notre Dame de Tout-Espoir.

Je viens, Monsieur le Vicaire Capitulaire, vous soumettre humblement ce modeste travail, et vous demander l'Imprimatur.

Avec un très profond respect,

Monsieur le Vicaire Capitulaire,

Je suis votre très humble et bien affectionné serviteur.

J. E. SOULERAIN,

Curé de Saint-Genès, par Créon.

DÉDICACE

DES

ARCHIVES, PÈLERINAGES & SOUVENIRS

A

MONSIEUR L'ABBÉ BROUSSARD

CURÉ DOYEN DE CRÉON ,

CHANOINE HONORAIRE D'AGEN,

Président d'honneur du Sanctuaire et de la Confrérie
de N.-D. de Tout-Espoir.

———

... « *Spes immortalitate plena.*)
(Sap. cap III. v. 4.)

MONSIEUR LE DOYEN,

L'antique Madone du Moyen-Age, la Vierge-Noire que nos pères ont honorée dans une des plus modestes églises de votre doyenné, a repris sa place d'honneur et siège désormais en souveraine aimable, dans le vieux temple restauré, sous le titre de Notre-Dame de Tout-Espoir.

Echappée aux déprédations des anglais, maîtres de

nôtre beau pays au XVe siècle ; providentiellement
soustraite à la hache révolutionnaire de 1793, dont
elle porte les stigmates, la Madone a vu cette année
à ses pieds, de nombreuses phalanges de pèlerins
de nos contrées, et reçu les vœux et les prières des
fidèles Bordelais.

Ces chants de pénitence et de réparation ; ces pro-
testations pacifiques d'amour et de foi envers l'auguste patronne et reine de France, c'est votre intelligente et généreuse initiative qui les a fait revivre et
se développer, à la grande édification des âmes.

Je vous devais, au nom de tous, Monsieur le doyen,
en publiant ce nouvel opuscule à la gloire de notre
gracieuse souveraine, un hommage de reconnaissance.

En vous dédiant ces souvenirs des siècles passés
et les fastes modernes de la Madone, j'acquitte une
dette de piété filiale.

Puisse ma plume être la fidèle interprète des sentiments qui animent mon cœur !

Le 30 Janvier de cette année 89, après plusieurs démarches et pétitions auprès de l'autorité Diocésaine,
grâce surtout à votre affectueuse et efficace interven-
tion, Monseigneur Guilbert, de regrettée mémoire,
autorisait le culte de Notre-Dame de Tout-Espoir.

Le Pontife ne se bornait pas à reconnaître et à con-
firmer de son autorité le vocable de la Madone ; il en

louait également l'heureuse restauration, et enrichissait d'Indulgences l'Ave Maria et le Salve Régina, que l'âme pieuse viendrait murmurer à ses pieds, dans le recueillement de la prière.

Et le premier, Monsieur le doyen, vous avez bien voulu donner l'élan aux pèlerins de Notre-Dame de Tout-Espoir ; le 25 juillet dernier, répondant à votre pressant appel, la paroisse de Créon descendait la colline sous l'étendard de la Croix, bannières au vent en faisant retentir pour la première fois les échos de nos vallons, du chant de l'Ave Maria.

Quel souvenir et quelle fête !.

Il importe de renouer le présent au passé ; de réveiller la mémoire des aïeux, et de fixer les saintes allégresses d'une première année de pèlerinages, au sanctuaire de Notre-Dame de Tout-Espoir.

Voilà la raison d'être de ce modeste travail.

L'ingratitude et l'oubli, semblent vouloir de nos jours, envahir toutes choses, et envelopper dans un même linceul les œuvres bienfaisantes des siècles de foi, les créations les plus nobles de la charité catholique, les institutions les plus chères à nos cœurs.

L'Ingratitude !. vent brûlant qui dessèche la fontaine de la grâce et de l'amour! (*ventus urens, siccans fontem gratiæ.*)

Les Archives, Pèlerinages et souvenirs que je vous dédie, Monsieur le doyen, dans leur simplicité et dans l'expression fidèle des événements qu'ils retracent, deviendront le monument élevé par la reconnaissance et la piété, à la Madone désormais protectrice autorisée de ces belles régions du Bordelais.

Ils arracheront à l'oubli une œuvre, des noms, des faits dignes de vivre sous les regards de notre mère du ciel.

La rapidité avec laquelle le temps nous précipite à la tombe, la triste incertitude du lendemain, semblent m'avertir, avec les étreintes de la maladie, de ne pas différer de mettre la main à l'œuvre.

Ces sentiments, le poëte sacré, le chantre de Marie, les a retracés bien mieux que je ne le puis faire, et dans un rythme autrement harmonieux.

. . . .

> ... « Et le temps plus rapide emporte nos années
> « Comme de vains débris et des tiges fanées,
> «   Vers notre éternité ;
> « Descendons en priant, le fleuve de la vie
> « Voguons sous les regards de l'étoile bénie,
> «   A L'immortalité !!! »

(ABBÉ CHAMBAUD.)
D'ANGOULÊME

A l'immortalité ! . à cette immortalité pleine d'espérance réservée à tous ceux qui auront généreusement travaillé à étendre la dévotion à Marie ; à tous

ceux qui auront su mettre au grand jour le culte consolant et béni, de Notre-Dame de Tout-Espoir !.

.. « *Qui elucidant me, vitam æternam habebunt.)*

(EX SAP.)

Veuillez agréer,
Monsieur le doyen,
les sentiments de profond respect
et de filiale affection,
avec lesquels
j'ai l'honneur d'être et de me dire
votre bien dévoué serviteur
et ami en N. S.

J. E. SOULERAIN,
Curé de Saint-Genès
ancien missionnaire d'Agen.

Saint-Genès-par-Créon, ce 10 Novembre 1889,
fête de la Dédicace des Eglises.

CHAPITRE PREMIER

ARCHIVES

—

> . . . « *Laudator temporis acti.*)
>   (HORACE.)

> . . . « Le ciel bénit les fils pieux,
> « Qui gardent dans les jours funestes,
> « Le souvenir de leurs aïeux. »
>   (V. HUGO. Odes.)

Dès les premiers jours de cette année, sur l'invitation de plusieurs laîques fervents et de bons confrères de la contrée, une brochure à la louange de Notre-Dame de Tout-Espoir était mise au jour. L'ouvrage dédié au Pontife suprême, à N. S. Père le Pape Léon XIII, était déposé à ses pieds, hommage de filial attachement, à l'occasion de *ses nôces d'or*.

Un accueil sympathique était réservé à cet ouvrage, écrit sans autre prétention, que celle d'édifier les pieux amis de la Vierge séculaire, de la Madone chère à nos vallons.

Le mouvement sérieux qui se produisait depuis plus d'un an aux pieds de la vénérable statue jadis

honorée par nos pères d'un autre âge ; le nombre de
jour en jour croissant des pèlerins, avaient inspiré à
l'auteur du *Vade-Mecum*, l'idée de rendre ce manuel
religieux, aussi complet que possible.

A une première partie retraçant l'origine du sanctuaire et ses antiquités, l'historique connu de la
Madone du XIIme siècle, venaient s'ajouter avec les
chants de la Liturgie, les prières de la sainte messe,
le chemin de la croix, le mois de Marie, un abrégé du
catéchisme diocésain, et quelques cantiques inédits, à
la louange de Notre-Dame de Tout-Espoir.

L'utile se mêlant à l'agréable, le *Vade-Mecum* fut
lu à la campagne ; il le fut aussi à la ville, et plus d'un
salon Bordelais remplaça la veillée mondaine, par la
lecture de ce pieux recueil, à la gloire de la T. S.
Vierge.

. . . « Nous recevrons avec empressement tou-
« tes les observations charitables qui nous seront
« adressées, et nous tiendrons compte, dans une
« seconde édition, des critiques judicieuses et des
« avis donnés au sujet du *Vade-Mecum* — » ; c'est
en ces termes, que nous appelions de nouvelles recherches sur le vieux monument légué à notre culte,
par la foi de nos ancêtres.

La critique est venue, aimable et savante tout à la
fois. Un des plus éminents lettrés Bordelais, qui a
passé sa longue carrière dans les études biographiques

et archéologiques, visitait naguère l'Église de Saint-Genès de Lombaud.

Le bon et beau vieillard, auquel nous avons serré la main un jour de Pèlerinage, à bien voulu sur notre invitation, fouiller les vieux Cartulaires, parcourir, plusieurs mois durant, les diverses archives, et nous adresser naguère le fruit de patientes recherches.

Ce chapitre 1er des archives, en reproduira la majeure partie. Une lettre du savant archéologue précédait tout récemment l'envoi du précieux manuscrit.

Nous croyons utile de la reproduire ici :

« Bordeaux, le 19 octobre 1889

« Monsieur le Curé,

« J'ai visité votre belle église au mois d'août der-
« nier, un jour de Pèlerinage, et j'en ai rapporté
« comme souvenir, votre intéressant ouvrage sur
« Notre-Dame de Tout-Espoir.

« Vous avez pu lire dans *L'Aquitaine* du 13 septem-
« bre dernier, un petit mot d'éloge que ce livre, à la
« fois édifiant et instructif, m'a paru mériter. Je ne
« viens point critiquer ce travail aussi consciencieux
« qu'agréable à lire ; je prends simplement la liberté
« de vous communiquer le résultat de mes recher-
« ches sur le passé de votre chère église.

« Ces notes historiques, pourront vous servir à le
« compléter, je n'ose dire à le rectifier. Elles vous
« indiqueront du moins certains détails échappés à
« vos premières recherches.

« J'ai l'honneur d'être,
« Monsieur le Curé,
« Votre très respectueux serviteur,

« A. D.

« *membre de plusieurs sociétés savantes* »

C'est avec l'intérêt le plus vif que nous avons lu le
manuscrit annoncé dans la lettre, que le lecteur a
sous les yeux. Monsieur A. D., avec la persistance qui
caractérise la vrai érudition, ne s'est pas borné à con-
sulter tel ou tel manuscrit et à le transcrire en l'a-
moindrissant. Tout ce qu'il a pu découvrir dans les
Cartulaires, les archives de la ville de Bordeaux ou
de l'Archevêché, ainsi que dans les ouvrages de divers auteurs, sa main exercée l'a pieusement détaché
et recueilli, pour nous le transmettre.

Rien ne pouvait nous être plus agréable, et nous
offrons ici à l'intelligent collaborateur, l'expression
de notre reconnaissance.

Avec nous et mieux que nous, il aura travaillé à la
gloire de la Madone ; Elle se chargera sans doute un

jour, de déposer sur les cheveux blancs du pieux vieillard, une couronne d'immortalité.

.. « *Spes ... immortalitate plena.* »

Le sanctuaire aujourd'hui consacré à Notre-Dame de Tout-Espoir, remonte aux vieux siècles de foi où l'amour s'alliait à l'enthousiasme.

C'est au moyen-âge de 1125 à 1140 environ, que nos pères l'élevèrent à la gloire de Dieu, sous le vocable de Saint-Genès, cet illustre comédien, que la grâce saisit un jour sur le Théâtre de Rome, pour en faire un chrétien et un martyr.

« *Ne penitùs pereat, qui abjectus est !* »

La grâce et l'amour du divin Crucifié pour les pécheurs les plus abjects, sait faire de telles résurrections ; et lorsque la vierge toute puissante par la prière, s'est agenouillée aux pieds du trône de l'agneau immolé, le sacrilège lui-même obtient miséricorde dans le sang ou dans les larmes, et Marie devient alors pour ce nouveau Genès, Notre-Dame de Tout-Espoir !

Jetons un regard d'ensemble, sur ce Moyen-âge qui bâtissait de magnifiques cathédrales, fondait les grands ordres religieux et militaires, traitait Dieu en souverain de tous les rois, élevait la Papauté au dessus des plus fiers potentats, et savait porter avec noblesse, d'une main la croix, de l'autre le glaive.

Certes ce fut une époque de gloire et de grandeur! Erreurs et faiblesses, inhérentes à la nature humaine. se retrouveront aussi dans ces pages de notre histoire de France ; mais est-ce donc à notre siècle qu'il appartiendra de reproduire avec des fautes et des crimes tout aussi graves, les exemples de repentir qui palliaient et effacèrent les fautes de nos aïeux ?

C'était l'âge, d'après le poëte français :

. . . .

« Où Cologne et Strasbourg, Notre-Dame et Sᵗ-Pierre,
« S'agenouillant au loin dans leur robe de pierre,
« Sur l'orgue universel des peuples prosternés,
« Entonnaient l'hosannah des siècles nouveau-nés ! »

(ALFRED DE MUSSET)

Le moyen-âge !. c'est saint Bernard, un français de grand caractère et de fière allure! Jamais la vierge Marie n'eut plus féal et vaillant serviteur. Le douzième

siècle s'ouvre et s'illumine sous les rayons de cet astre
étincelant et immaculé Bernard, le dévot serviteur
de la Madône dépose aux pieds de son image, la plus
touchante prière à la reine du ciel, le (*Memorare,
o piissima Virgo.*) Quel conquérant parmi les plus
célèbres dans l'histoire des peuples, pourrait s'énor-
gueillir de conquêtes comparables à celles de l'infatigable religieux ?

Il fonde et bâtit Citeaux, le grand sanctuaire où
s'égrène et se chante *l'Ave Maria* ; la Ferté, Ponti-
gny, Clairvaux (la poëtique et claire-vallée), s'élèvent et prient la Madone.

Soixante et dix maisons, où Marie règnera en
bienfaisante Souveraine, sont fondées par Bernard.

Cluny, Grenoble et sa Chartreuse le verront, subi-
ront son heureuse influence et recevront ses conseils
évangéliques.

Le moyen-âge !... c'est l'ère des grands hommes,
des grandes actions, des grands saints ! —

Au douzième siècle, les ordres militaires s'éta-
blissent ; ils sauront tour à tour ou tout ensemble,
combattre les Infidèles, établir et défendre sur leur
passage la vraie Foi.

Les Frères de Saint-Jean de Jérusalem, les chevaliers de Rhodes, les chevaliers de Malte, les Templiers,
chevaliers à la croix blanche, à la croix de pourpre ;
s'uniront pour la noble cause du roi du Ciel et de la
Vierge bénie.

Saint-Bernard donne la règle aux chevaliers du Temple : dans cette règle nous lirons ce serment qui précèdera de près de sept siècles, (la définition du dogme de l'Immaculée Conception :

« Je.. N.. jure de défendre la Virginité de la Vierge « Marie ; *Vierge avant*, *Vierge après* avoir mis son « Fils Dieu au monde. »

C'est l'époque de la foi naïve et forte, nous l'avons dit, d'erreur aussi, mais où l'erreur du moins savait s'agenouiller et demander merci ! —

Et puis, o mes contemporains (de ce pauvre XIXme siècle qui s'écroule, sous les coups répétés de la révolution des esprits), si le moyen-âge me paraît si grand, c'est qu'il avait à sa tète une autorité grande, révérée de tous, presque à l'égal de celle de Dieu : la Papauté !

Elle dirige dans tout son éclat les peuples et les rois, vers la vraie civilisation.

Coupables, les monarques de la terre se soumettent humblement à la pénitence imposée par le Suprème Pontife-Roi, et ils édifient par un repentir efficace les peuples émus de leurs forfaits.

Et la croix domine toutes choses !

Le mystère de l'auguste Trinité semble vouloir se réfléchir sur tous les Pontifes qui se succèdent sans interruption sur le siège de Saint-Pierre, et paraît s'identifier avec leur règne et leurs noms.

Peut-être ne l'a-t-on-pas assez remarqué ; il y a là cependant un enseignement mystérieux qui repousse tout jeu du hasard.

— Alexandre III (1159 à 1181), Lucius III (1181), Urbain III (1185) Clément III (1187), Célestin III (1191), Innocent III (1198-1216), Honorius III enfin qui ouvre en 1216 le treizième siècle.

Innocent III !. c'est peut-être le géant le plus sublime de toute cette époque de grandeur !

Ferme tout à la fois et doux, il institue les Trinitaires pour la rédemption des captifs qui gémissaient sous le joug des Infidèles. Un grand cardinal Français, Monseigneur Lavigerie a repris naguère sous les encouragements et la bénédiction de Léon XIII, l'œuvre d'Innocent III.

Le moyen-âge ! c'est saint Dominique digne émule de saint Bernard dans la dévotion et l'amour de la Madone ; saint Dominique, qui donne au monde le Rosaire et le fait fleurir aux pieds de la Vierge ; c'est aussi saint François d'Assise, un français héroïque, qui prendra, troubadour au cœur aimant, la pauvreté de Jésus, pour sa royale dame. C'est à ces époques si loin de nous, sous tant de rapports et d'aspects, que remontent l'humble église de Saint-Genès-de-Lombaud, son portail roman aux voussures multipliées, et sa Madone noire, révérée sous le nom de N. D. de Tout-Espoir.

A la page 18 du *Vade-mecun*, guidé par un raisonnement d'induction, par certains rapports d'affinité, par quelques traditions locales malheureusement dénuées de fondement, nous avons attribué aux Bénédictins de la grande Sauve, la fondation de l'église de Saint-Genès.

Il n'en est rien.

Parmi plus de vingt paroisses et églises qui se glorifient d'avoir eu pour ancêtres et fondateurs les religieux de Saint-Gérard, on peut lire le nom d'une petite localité très voisine de Saint-Genès, et qui semble ne faire qu'un avec elle, je veux parler de Madirac (1) ; en vain cherche-t-on dans les cartulaires (2) de l'illustre abbaye celui de Lombaud, Lobot ou Longbos.

L'histoire du monastère de la grande Sauve, par le docte abbé Cirot de la Ville, le Gallia-christiana, et Lopès (3), (Histoire de la Primatiale de Saint-André), réédité et savamment annoté par un des prêtres les plus éminents du Diocèse de Bordeaux, ne parlent pas de cette fondation.

La conclusion est facile à tirer.

Donc, et jusqu'à nouvel ordre, nous effaçons bien

(1) Madirac, canton de Créon, 118 habitants; fusionnée pour le culte dans Saint-Caprais, peu de vestiges du passé.

(2) Précieux manuscrits des XIIᵉ et XIIIᵉ siècles, aujourd'hui déposés à la Bibliothèque municipale de Bordeaux.

(3). Lopès, nouvelle édition par L'abbé Callen, chanoine hᵒ de Bordeaux.

volontiers du *Vade-Mecum,* tout ce qui paraît attri-
buer aux religieux de Saint-Gérard la fondation de
l'église de Saint-Genès-de-Lombaud.

Toutefois, un foyer lumineux n'est pas sans rayon-
ner sur tout ce qui l'entoure. Les habitants de Saint-
Genès durent certainement à cet heureux voisinage
de La Sauve, une vive dévotion à la Madone, en même temps qu'une généreuse émulation pour l'ornement de la maison de Dieu.

Du reste, la tradition locale, l'ancienneté visible
de la Madone vénérée et l'existence immémoriale
d'une chapelle, qui lui fut consacrée à la place d'honneur (côté de l'Évangile), suffisent pour démontrer
que cette dévotion populaire à Marie, avait jeté de
fortes racines dans le passé.

Les anglais respectèrent l'antique statue de Notre-
Dame au XVme siècle.

La révolution française de 93 la mutila horrible-
ment.

Dans un ingénieux travail publié en 1852 (1), M.
Léo Drouyn, l'éminent archéologue Bordelais, démontre que l'église de la Sauve a servi de modèle à
une quantité d'églises des environs.

Les analogies qu'il indique dans plusieurs de ces
monuments semblent se retrouver à Saint-Genès.

---

(1) Actes de l'Académie de Bordeaux pour cette année-là, pages 437-452.

Signalons en passant la conformité de signification entre les noms de la Sauve et de Longbos ou Lobot.

L'orthographe vraie et ancienne du nom de cette dernière est Longbos ou Lobot: le bois, le bois étendu et épais; pour la Sauve-Majeure, personne ne l'ignore plus ; c'est la grande forêt, le grand bois fourré ; Sylva major.

L'orthographe moderne de Lombaud ne rend plus l'étymologie du nom. Au XIIme siècle on trouve Lobot et Lobaud.

Nos paysans, dans leur langage expressif disent : *lou boy* ou *lou bot*. Au XIVme siècle nous pouvons lire Longbos et ce n'est qu'à la fin de XVIme siècle, que Lombaud apparait avec les variantes de Loumbault et Lombeaut, comme nous l'avons signalé à la page 34 du *Vade-mecum*.

C'est au XIVme siècle que Notre-Dame de Créon fut érigée en paroisse, à la demande des habitants et malgré l'opposition des moines de La Grande-Sauve (1) ; jusque-là, ce n'avait été qu'une petite et simple chapelle de village, mentionnée à ce titre dans la bulle de Célestin III en 1197 (2).

Les curés de Sadirac, de Cursan et de Saint-Genès-de-Longbos, jaloux de cette fondation, prétendirent avoir des droits plus anciens sur une partie du terri-

---

(1). Cirot de La Ville, tome 2 page 243 — et Léo Drouyn. — Guyenne militaire tome 2 page 396.

(2). Cirot de la Ville, tome 1 page 404.

toire de la nouvelle paroisse, mais une sentence de L'official de Périgueux, commissaire *ad hoc* du pape Jean XXII, les débouta de leur réclamation quelque légitime qu'elle put paraître.

Bon gré, malgré, il fallut se soumettre à l'autorité qui venait de se prononcer. La paroisse de Saint-Genès remontait plus haut dans les siècles que celle de Créon. Nous en trouvons une preuve dans un passage peu connu du petit cartulaire de la Sauve (1).

On y découvre en effet, à la page 195, une charte du XIIme siècle, par laquelle un bienfaiteur de l'abbaye de la Sauve, donnait au monastère un paysan avec le tenement (domaine rural), qu'il possédait à Saint-Genès... «*Rusticum nomine Guillelmum Rainerium, cum tenentiâ suâ, quæ est in parochiâ sancti Genesü de Lobaut* (2).»

Au nombre des témoins de l'acte ci-dessus énoncé figure un certain *Amalvinus, presbyter de Lobaut.* Cet Amauvin ou Amalvin, est le premier curé de saint Genès de Lobot ou Lobaut, dont le nom soit venu jusqu'à nous. Il est mentionné vers 1160.

Dans le même siècle, *Pierre de Lominâ,* pour le repos de l'âme de son père, de sa mère et de son frère

---

(1). Le petit cartulaire, reproduction du grand, est ainsi nommé à cause de son moindre format et de son écriture plus menue.

(2). Ce villageois était un serf de la glèbe attaché à la terre et transmissible avec elle comme immeuble, par destination.

(1), (ce dernier mort au pélérinage de Jérusalem), donnait aux religieux de la Sauve, une terre située à Lobaut (2).

On voit par ce qui précède, que si comme nous l'avons avoué plus haut, les Bénédictins de La Sauve ne furent pas les fondateurs de la paroisse et de l'église de Saint-Genès, du moins ils prirent possession au XIIme siècle, de plusieurs pièces de terre sur cette paroisse.

Lobaut *(sic)*, était une paroisse de L'Entre-deux-mers, qui devait la *questa* (la taille), au roi d'Angleterre, alors souverain de la Guyenne (3). Elle était en outre imposée à huit sous d'esporle. (4) Le rôle des quartières, (ou droit perçu en nature de grains sur les cures du Diocèse, au profit des seigneurs archevêques de Bordeaux), mentionne en 1398, parmi les paroisses assujéties à ce tribut Diocésain : Sanctus Genesius de Lobot. (Voir le registre des Archives de la Gironde, côté G — 236)

Les comptes de L'archevêché au XIVe siècle, publiés récemment par M. Léo Drouyn, désignent cette

(1). Le frère de Pierre de Lominâ mort à Jérusalem, probablement à la 1re Croisade, prêchée en 1095, par le pape français Urbain II.

(2) Grand cartulaire page 92.

(3). Enquête de 1236, publiée dans les archives historiques de la Gironde tome 3 page 115.

(4) Ibid page 116. L'esporle était un droit de mutation dû par le tenancier à chaque changement de vassal ou de seigneur.
(Commentaire des frères de Lamothe etc., tome 2. p. 315.)

localité par les variantes du même nom : Lobaut ou
Lobot. Le curé de Saint Genès indiqué dans ces comptes par l'abréviation de cap (Capellanus, Chapelain),
devait payer à L'archevêché, deux grandes mesures
de froment et 2 1|2 d'avoine ; plus un droit de gîte de
50 sous, pour la visite de Monseigneur l'Archevêque
ou de son Archidiâcre. (voir aux Archives historiques
tome 21 p. 175.)

D'après une autre lière des quartières perçues en
1649, le curé de Saint Genès fut taxé pour cette année
là, à cinq boisseaux de froment et à 56 boisseaux 1/4
d'avoine. (id. t. 10 p. 440).

En 1846, Messieurs Léo Drouyn et Léonce de Lamothe, publièrent un album in-folio intitulé (Choix des
types les plus remarquables de l'architecture au
moyen-âge, dans le département de la Gironde.) Le
premier fit des dessins et les grava à l'eau forte ; le
second rédigea le texte.

Le portail roman de L'église de Saint Genès, figure
avec honneur dans cet ouvrage des deux archéolo-
gues distingués (n° 5 du dit recueil, où Mr Léo Drouyn
s'est représenté lui-même, assis devant le portail de
St-Genès, qu'il dessine.)

Je vais donner ici la version de Mr de Lamothe. De
prime-abord elle semblera différer de la description
que j'ai livrée dans le *Vade-Mecum* du pèlerin, pages
19, 20 et 21.

Au fond, il n'en est rien. Obligé de me mettre à la

portée de mes pieux lecteurs dont la plupart ignore les termes de la science archéologique, j'ai dû forcément employer des expressions plus faciles à saisir.

Ecoutons Mr de Lamothe : ... « Le plan de l'Eglise de Saint-Genès de Lombaud, est un rectangle parfait, qui n'offre aucun caractère particulier.

« Dans l'intérieur, on a découvert au dessous du « sol, une mosaïque dont le dessin représente des « entrelâcs et des feuillages. Comment se trouvait- « elle en ce lieu? C'est ce qu'on ignore ; le champ « est libre aux hypothèses. »

Interrompons un instant le récit de l'éminent archéologue ; ouvrons le Vade-Mecum du pèlerin ; à la page 28e il y est aussi question de cette curieuse mosaïque.

Lors de la restauration de l'église de Saint-Genès, en creusant le sol dans l'intérieur, on trouva à un mètre de profondeur environ, de larges plaques de mosaïque Gallo-romaine : également et à droite du sanctuaire (a latere Evangelii), le sarcophage ou cercueil de pierre de l'abbé de Saint-Aignan, curé de Saint-Genès, inhumé au dessous de l'autel en 1754. (Voir pages 30 et 33 du Vade-Mecum.)

Nous avons insinué, avec et après plusieurs antiquaires et archéologues, que le temple religieux aurait succédé à travers les âges, à un temple Galloromain, consacré à quelque divinité païenne. (Voir page 28 du Vade-Mecum.)

Tout en effet semble indiquer dans la vallée abritée du Tourne, et sur les hauteurs dominant l'église, une occupation romaine lors de la conquête des Gaules par César-Auguste. (Page 29 id. Vade-Mecum.)

Pour nous ce n'est plus une hypothèse, c'est une quasi-certitude... « La porte de l'église de Saint- « Genès (poursuit M. de La Mothe), s'ouvre sous « trois arcs en retraite dont les deux plus larges « portent sur des colonnes ; le plus resserré s'appuie « sur les pieds droits de la porte. Ces archivoltes « sont décorés de torses, de quatrefeuilles, de dents « de scie, etc, etc ; l'arc le plus évasé a pour sujets « quatorze personnages à genoux ; puis sur la droite « un lièvre, quatre chiens et un personnage debout. »

« Les chapiteaux offrent des combats d'animaux « ou des entrelacs ; le premier à droite représente « un personnage dont les flancs sont dévorés par « deux serpents (1). Le deuxième à droite représente « un animal (un lion peut-être), qui semble terrasser « un monstre à figure humaine.

« Sur le deuxième chapiteau à gauche, un person- « nage semble en soutenir un autre et le défendre « contre quelque attaque. Cette porte est encadrée « de deux colonnes engagées, placées près des angles

---

(1) Ce personnage, dont parle ici M. de La Mothe, est une femme ; son costume et sa chevelure l'indiquent clairement. En réalité les deux serpents lui dévorent, non pas les flancs, mais les deux seins mis à nus. Tout indique la femme adultère. (Page 20, du Vade-Mecum.)

« du mur, et soutenant une corniche, portéé dans
« l'intervalle par quatorze modillons, découpés en
« dents de loup ou en festons; on y remarque une
« petite tête humaine. »

Le même album contient (page 21), une description
et un dessin du portail de l'église de Haux.

L'honorable M. A. D. nous dit, dans le manuscrit
que nous avons sous les yeux, que saint Genès, le
célèbre comédien de Rome converti sur les planches
d'un théâtre, fut honoré particulièrement dans la
région de l'Entre-deux-Mers.

Toutigeac, autrefois annexe de Targon, et depuis
réunie à ce chef-lieu de canton ; Soulignac et Lobot,
l'eurent pour patron titulaire.

Aujourd'hui Soulignac est sous le vocable de
Notre-Dame, Toutigeac a disparu, et Targon a pour
patron saint Romain.

A Lombaud, le culte approuvé de l'antique Madone
Notre-Dame de tout Espoir, a mis l'ancien patron
saint Genès, au second rang.

N'était-il pas juste qu'il en fut ainsi, pour la gloire
de la reine du ciel, patronne de cet angle du
Bordelais ?

Le sanctuaire consacré désormais à Marie, reconnait et par ordre, les patrons ci-dessous désignés :

1. Notre-Dame de tout Espoir (8 septembre).
2. Saint Genès, martyr (25 août).

3. Saint Louis, roi de France (25 août).

4. Saint Joseph, patriarche (19 mars).

Avant la révolution, une église dédiée à saint Genès, existait aux portes de Bordeaux, sur le chemin aujourd'hui rue de Saint-Genès.

Tout le monde connaît la croix du XVIe siècle, à la rencontre des rues de Saint-Genès et de Bayonne.

Cette croix existe encore dans la campagne de Bordeaux ; elle a conservé le nom de Croix de Saint-Genès.

Notre savant et honorable collaborateur, insinue avec son urbanité et sa courtoisie habituelles, que la statue d'Urbain II qui se trouve près de la porte latérale de l'église de Lombaud, « représente un « évêque coiffé de la simple mitre et non un pape « qui devrait, ajoute-t-il, porter la tiare. »

Nous avons découvert cette belle statue en chêne massif dans les recoins obscurs et humides d'une étable abandonnée ; sachant d'une part que le Souverain Pontife, évêque de Rome, porte souvent la simple mitre ; sachant d'autre part que le vieux temple de Saint-Genès se rapproche du siècle où le grand pape français prêchait la 1re croisade, nous avons cru faire acte de patriotisme en baptisant la statue réintégrée, du nom d'Urbain II.

...« Du reste, comme le dit fort bien M. A. D. ce « grand Pape n'est pas un étranger pour nous. Au

« retour du Concile de Clermont, où il avait prêché
« la 1ʳᵉ croisade, il vint à Bordeaux et consacra
« solennellement la cathédrale sous l'invocation de
« l'apôtre saint-André (1). »

Nous ne pouvions oublier de tels souvenirs.

Donc, la statue de l'évêque représenté la croix à la
main, personnifiera pour nous le grand évêque de
Rome, qui ébranla les masses au moyen-âge et les
lança à la délivrance du tombeau de Jésus-Christ,
aux cris enthousiastes de « Dieu le veut !.. Dieu le
veut !... »

Qui pourrait songer un instant à nous en blâmer ?

En 1778, l'abbé Baurein, conçut le projet de ses
Variétés Bordelaises ; il fit imprimer un question-
naire et l'adressa à Messieurs les curés du diocèse de
Bordeaux, par l'intermédiaire et sous le patronage de
l'Archevêché. La moitié environ des ecclésiastiques,
répondit avec plus ou moins de détails (2).

M. l'abbé Micheau, curé de Saint-Genès (3) — 1764
à 1789 — adressa quelques notes sur cette paroisse ;
malheureusement elles sont bien incomplètes.

---

(1) Lopès, nouvelle édition abbé Callen, tome 1, pages 183
et 184.

(2) La collection de ces questionnaires, reliée en quatre volumes in-folio, dans l'ordre alphabétique des paroisses, existe à la
bibliothèque municipale de Bordeaux. Le tome 111 renferme la
notice sur saint Genès-de-Lombaud.

(3) Voir page 30 du Vade-Mecum. L'abbé Micheau mourut en
exil ; probablement en Espagne ; il avait quitté Saint-Genès
en 1789.

....« Saint-Genès de Lombaud (dit l'abbé Micheau),
« est une paroisse de l'Entre-deux-Mers, chef-lieu
« Génissac.

« L'église est petite mais assez bien. Elle paraît
« fort ancienne ; elle est enfoncée et elle l'a été da-
« vantage. Il y a deux autels, dont l'un dédié à No-
« tre-Dame, a été bâti avec la chapelle, par la maison
« noble du Portail (c'est aujourd'hui la chapelle
du Sacré-cœur. L'image, de la Madone révérée a
occupé cette place. Elle domine désormais le
maître-autel).

« Il y a, (poursuivit l'abbé Micheau), aux environs
« de l'église, des vestiges de fondements et bâtisses,
« qu'on dit être de quelque ermitage. La cure est
« séculière et à la collation de Mgr l'Archevêque.
« Monsieur le Curé est le seul décimateur.

« Le principal village est celui des Bernards. La
« paroisse renferme beaucoup de bois taillis ; le plus
« considérable est celui qu'on nomme bois de *Mau-*
« *quey.* La paroisse est très accidentée ; remplie de
« tertres et de vallons ; c'est sur le dernier penchant
« d'un de ces tertres, que l'église est située.

« Le circuit de la paroisse est d'environ deux
« lieues. Un chemin royal la borde et traverse en
« partie : il part de Créon et conduit à Port-Neuf (1).

_____

(1) Aujourd'hui Langoiran ou port de Langoiran, ou Saint-
Léonce de Langoiran ; situé environ à 6 kilomètres sur Garonne,
du clocher de Saint-Genès.

« Il y a des vestiges d'un ancien chemin de poste
« allant de La *Réole* à la *Meune* (1).

« Peu de commerce ; la principale occupation des
« habitants est de travailler les terres et les vignes.
« Une manufacture de poterie s'est établie sur la
« paroisse depuis un an et demi. Il y a 74 familles
« ou feux dans la paroisse ; c'est-à-dire environ 380 à
« 400 habitants (2). Lombaud renferme trois maisons
« nobles : une à Pinasson, l'autre au Portail ; elles
« appartiennent depuis longtemps à M. de Bourran (3).

« La maison noble de la Croix (4) est l'apanage de
« l'ancienne famille de Reignac. La paroisse est
« située dans la juridiction royale de Créon, et le
« roi en est le seigneur et haut justicier. »

Quels étaient maintenant les revenus de l'ancienne
cure de Lobot ? Il est fort probable que dans le
moyen-âge et jusqu'à la fin du XVIIᵉ siècle, ces revenus étaient assez considérables. Malheureusement

---

(1) La Meune ; c'est probablement le moulin aujourd'hui connu
sous le nom de Lubert appartenant au sieur Blouin ; il y a quelques maisons et ce petit village sur les eaux du Tourne, appartient
à Saint-Genès. Village et moulin portent le même nom : *Lubert*.

(2) Aujourd'hui en 1889, Saint-Genès compte à grand peine
dans tout son territoire relativement étendu (625 hectares) 170 à
180 habitants. D'où vient cette dépopulation ? De deux causes
principales : une *morale*, je ne puis la spécifier ici ; l'autre *matérielle*, on a émigré vers *la ville*, croyant y rencontrer *fortune* et
bonheur (!).

(3) La famille noble de Bourran, réside aujourd'hui à Haux. La
vieille cloche de Saint-Genès, a eu pour parrain un de Bourran.

(4) La Croix a pris le *nom* de Reignac. Ce beaux domaine, situé
dans une position admirable, appartient à un vénérable et saint
vieillard : M. J. B. Clément, âgé en 1889, de 87 ans.

nous n'avons aucune pièce en main, pour en donner ici le chiffre.

Deux dates seulement, assez rapprochées de nous, indiquent avec détails les produits de la dîme au XVIIIᵉ siècle. — « En 1730, la recette brute (dit « M. Micheau), s'éleva à 944 livres. Le produit de la « dîme du vin figure pour 720 livres, prix de douze « tonneaux (48 barriques), calculé à 60 francs le ton- « neau, soit 15 francs la barrique. La dîme du froment « donnait 180 livres ; celle des troupeaux 15 livres. « Messes pour les morts 8 livres ; *pas de casuel.* »

Les charges de M. le curé se montaient à 408 livres ; il ne lui restait donc en 1730 du moins, que 536 livres de revenu net.

C'était à peine de quoi vivre, même à cette époque.

On a beaucoup crié contre la dîme ; quelques esprits forts ou faibles, crient encore en 1889, contre son *spectre* (!) ; après tout elle n'était qu'un traitement en nature payé par les propriétaires aisés des paroisses.

Aujourd'hui tout ne va-t-il pas pour le mieux dans le meilleur des mondes ?

En 1755, messire Pierre de Saint-Aignan, curé de Saint-Genès, se plaignit d'être trop imposé aux décîmes et demanda une réduction. Dans sa supplique adressée au bureau diocésain des décîmes, il faisait valoir, entr'autres motifs, les raisons suivantes. — « La paroisse de Saint-Genès est couverte du côté du

« Nord, de tertres fort élevés (100 à 110 mètres), la
« gelée y fait de fortes impressions, et réduit souvent
« à presque rien, la récolte du vin, qui fait la plus
« considérable partie du revenu de la cure ; les frais
« de vendanges, les barriques et les voitures, en
« absorbent le reste ! »

On ne dit pas s'il fut fait droit à la réclamation du
pauvre curé ; mais la bonté paternelle de l'autorité
ecclésiastique, nous fait croire que les justes plaintes
de Messire Saint-Aignan, furent entendues à l'Archevêché.

Le ruisseau du Tourne, aux eaux limpides courant
sur roches et graviers, traverse la vallée, et sépare
aux pieds de l'église, la paroisse de Saint-Genès de
celle de Haux.

Le Tourne a deux branches ; l'une descend des
côteaux (116 mètres), entre la Sauve et Targon ;
l'autre vient du plâteau de Créon (104 mètres). C'est
mal à tort, que plusieurs ont donné le nom de
Guistran ou d'*Estey*, au bras du Tourne qui descend
de Créon et jaillit sur les rochers, dans la vallée
enchanteresse de Saint-Genès. — Le bras de ruisseau
parti de la Sauve et Targon, et le bras qui vient de
Créon, se rejoignent un peu au-dessus de Langoiran
au village de *Courcouillac* (Haux); la paroisse de
Tourne le reçoit, et le beau ruisseau, va se jeter
dans la Garonne.

Sur la paroisse de Saint-Genès, le Tourne fait

marcher deux moulins actuellement en exploitation.

Le premier de ces moulins, situé à quelques pas de l'église dans un gracieux bosquet, reçoit avec les eaux du Tourne, le volume d'une belle source dont on vante la fraîcheur et les propriétés salutaires.

Elle appartient en ce moment à M. Jean Mathieu, maire de Saint-Genès.

Terminons ce premier chapitre de nos archives, en renvoyant tous nos lecteurs au volume que nous livrions naguère à la publicité : le *Vade-Mecum* du pèlerin à Notre-Dame de Tout-Espoir.

Ces deux volumes : Archives et Vade-Mecum, sont désormais indispensables à tous les pieux pèlerins du Bordelais.

Œuvre sainte de propagande ! elle ne nous enrichira certainement pas, mais elle aura donné à Notre-Dame des serviteurs intelligents et fidèles ; à son temple et à son image révérée des pèlerins dévoués.

C'est tout notre désir, et c'est aussi notre ambition !

« Hoc erat in votis ! »

SPES 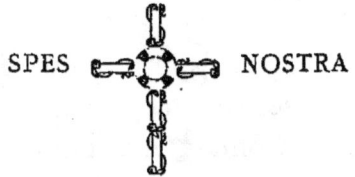 NOSTRA

CHAPITRE II

PÈLERINAGES

—

« O ma Bierges, tout mé zou dit,
« An plantat uno estèlo à toun froun encrumit! »
(Paraphrase de deux beaux vers
du poète Jasmin).

« O ma Vierge, tout me le dit,
« Ils ont mis une étoile à ton front noirci! »

On ne l'ignore plus dans ces régions si rapprochées
de l'opulente capitale de l'Aquitaine ; la Vierge
séculaire, la Madone noire du moyen-âge, a reçu
pendant le cours de cette année 89 qui touche à son dé-
clin, des pèlerins nombreux et fervents.

Notre-Dame de Tout-Espoir a pris rang parmi les sanctuaires ou la piété des fidèles aime, pendant les jours de la belle saison, à venir déposer son offrande et ses vœux.

La Madone de Tout-Espoir, vient désormais prendre place près de ses illustres devancières : Verdelais, Talence, Lorette, Condat, Arcachon, Soulac, et tant d'autres, que la dévotion Bordelaise a ennoblies, et couvertes d'amour et de prières.

La Vierge souveraine des cieux avec et après Jésus, l'a ainsi voulu ; et sans secousse, sans autre réclame que la douce invitation : « Venez ici prier l'antique Madone », citadins et villageois sont venus prier en foule pour la sainte Eglise et pour la France.

C'est merveille... et c'est le Seigneur qui l'a fait pour le bien des âmes désespérées, et sur le penchant de l'abîme.

« A Domino factum est istud... et est mirabile in « oculis nostris. » Elle a désiré, elle, la toute puissance par la prière, recevoir des hommages particuliers dans ce vieux temple rajeuni ; et ils sont venus, les anges de la pénitence, lui dire : « Nous voilà ; « nous t'aimons ; protège-nous ; sois pour nous la « Madone de Tout-Espoir ! »

Le débile et pauvre instrument dont la Vierge s'est servi pour restaurer et introniser son culte, n'a rien à prendre pour sa part dans ce qui a été fait.

Ramassé par la miséricorde divine, pauvre et

meurtri dans la poussière de la route, il a jeté un regard vers celle que jamais l'on n'invoqua en vain !

« De stercore erigens pauperem ! »

La statue séculaire a pris un nom consolant et l'abjection du ministre n'en pouvait trouver un autre, pour s'encourager lui-même au bien, et inviter les désespérés de la lutte, à la confiance et à l'espoir.

« *Ne penitùs pereat qui abjectus est !* »

Plusieurs, dès son début, ont qualifié l'œuvre des pèlerinages à Notre-Dame de Tout-Espoir, de *folie !*

Ils ont eu tort. —

D'autres ont rejeté l'épithète malsonnante, sur le prêtre qui relevait la vieille image.

Ils ont eu raison. —

Dieu n'a besoin de personne ! Et qu'importe le canal, par où s'écoule l'eau bienfaisante de la miséricorde et de la grâce !

En 1872, saisi d'épouvante par la responsabilité du sous-diaconât qui venait de m'être conféré depuis peu d'années, je ne vis plus à travers les nuages d'un désespoir profond, l'infinie miséricorde d'un Dieu qui vient en aide à la bonne volonté de ses apôtres. — Humiliation profonde, folie véritable, qui me fit doûter du cœur si bon de Jésus !

Deux mois de tortures étranges, affreuses, que ceux

là seuls comprendront, qui passèrent par de telles souffrances ! — La Vierge de Tout-Espoir dissipa les nuages du doute, je vis clairement le sentier de ma vie, et je me pris à espérer.

Ordonné prêtre en 1874, par des circonstances providentiellement ménagées, je chantais ma première messe dans les montagnes des Pyrénées, sur le plateau de Chelle-Spou, à deux pas de Capvern, ou les malades vont demander la guérison.

Etrange coïncidence ! Chelle-Spou signifie échelle de l'espoir ! (1) N'était-ce pas la voix mystérieuse de celle qui tendit toujours une planche de salut au naufragé, que cette voix entendue pendant la célébration d'une première messe, et qui disait à l'oreille de mon cœur : « *Ego Mater Sanctoe Spei* » ? » Dix ans après, même tortures et même doute. Les nuages passèrent sur mon front, et je ne vis plus la miséricorde . — C'était en 1883.

La secousse fut rude et cruelle ! Le 1er Mai, après un mois d'angoisses, sous les regards bénis de Notre Dame de Verdelais, je renaissais à l'espoir, et l'âme inondée de désirs, je promis à Marie de prêcher désormais et toujours sa grande miséricorde !

Seigneur, vous m'avez humilié, et c'est bon qu'il en ait été ainsi ! Peut-être apprendrai-je désormais à

---

(1) Chelle-Spou, Scala-Spei. Cette paroisse pittoresque, est sise sur un plâteau dans le canton de Lannemezan, Hautes-Pyrénées, et entre Bagnères-de-Bigorre et Capvern.

l'ombre du sanctuaire consacré à Notre Dame de tout Espoir, vos justifications salutaires !!! (1)

Le 15 octobre 1887, après trois années de séjour comme curé de Semens, près de N. D. de Verdelais (2) la Vierge qui dirigea mes destinées, m'appelait par la voix de Monseigneur Guilbert, à la cure de S¹-Genès-de-Lombaud.

La Vierge mutilée, oubliée dans un angle obscur d'une chapelle humide, attira mes regards et reçut ma première prière.

Et désormais, o Mère, vous vous appelerez Notre Dame de Tout-Espoir !.

Le 30 Janvier 1889, le bon et austère prélat que nous pleurons, Monseigneur Guilbert, autorisait le nom, approuvait le culte de Notre Dame de Tout-Espoir.

Certes, il ne fut pas prodigue de telles faveurs, l'homme droit et juste, qui fuyait avec tant de soin, le bruit, l'éclat et les honneurs, et c'est peut-être pour ce motif ajouté à ceux déjà connus, que cette concession a été plus appréciée de tous.

Le 7 Juillet de cette même année 89, le souverain Pontife, S. S. le pape Léon XIII, après avoir reçu le

---

(1). *Bonùn mihi quia humiliasti me, ut discam justificationes tuas.* (*David, psaùmes.*)

(2). C'est le Révérend Père Balmet, mon grand oncle paternel, qui à l'appel du Cardinal Donnet dont il fut le compatriote et l'ami, vint en 1838, par ses prédications et ses exercices spirituels, réveiller les échos du vieux sanctuaire de Verdelais, et contribuer à sa résurrection moderne.

Vade-mecum du pèlerin à N. D. de tout-Espoir magnifiquement relié, adressait à l'auteur avec la Bénédiction Apostolique, les plus précieux encouragements.

D'autres faveurs Pontificales sont attendues, au sanctuaire de la Madone. Oui, nous avions mille fois raison de le dire, c'est le Seigneur qui a tout fait dans cette œuvre, et c'est merveille à tous les yeux !

« *A Domino factum est istuo, et est mirabile in* « *oculis nostris !* » Plus l'instrument choisi par vous, o Notre Madone, aimée, aura été méprisable et méprisé, moins il prendra sa part de gloire dans les tributs d'honneur qui vous ont été rendus, et plus vous serez honorée.

O sagesse de Dieu qui paraît si souvent folie aux faibles mortels ! O sagesse de l'homme, qui n'est si souvent que folie aux yeux du Très-Haut !

Le vénérable archevèque de Bordeaux avait parlé et béni ; Le Bref concession était venu se fixer à perpétuité sur le marbre du sanctuaire ; Le Pape avait parlé et béni ; et déjà voici les fidèles amis de l'antique Madone qui descendent la colline et viennent se prosterner à ses pieds.

Dès l'année précédente, en 1888, la Madone avait déjà reçu plusieurs groupes de pèlerins, des paroisses voisines.

Humbles hommages que la Vierge a bénis et reçus,

peut-être dans votre simplicité spontanée, n'avez-vous pas été les moins chers à son cœur !

Signalons en Mai 88, le premier pèlerinage des bonnes et dévouées religieuses de Créon. Venues avec toutes leurs élèves un jour de congé ; après avoir récité le chapelet aux intentions du souverain Pontife et pour la France ; après les chants à la Madone exécutés avec ensemble et précision, elles recevaient avec quelques paroles d'édification sur Marie rose mystique, la bénédiction du Très-Saint Sacrement. Le premier élan aux pèlerinages venait d'être donné, calme, modeste, recueilli, fervent.

Mais il fallait après la permission de Monseigneur L'Archevêque de Bordeaux, des manifestations paroissiales.

Destinées, d'après le but même de cette œuvre, à réveiller l'esprit de foi dans les âmes et la confiance filiale envers la Très-Sainte Vierge, les paroisses environnantes devaient s'ébranler et venir en corps aux pieds de la statue séculaire.

Pourquoi ces pèlerinages ?

Nous l'avons exprimé déjà plus haut et un mot suffira désormais : Parce qu'ils font du bien au cœur et excitent à la piété.

Mais pourquoi ces pèlerinages dans cette paroisse?

Parce que cette paroisse de St-Genès possède la Madone la plus antique de toute la région et de bien loin.

Tous ici nous aimons depuis notre enfance la Vierge miraculeuse de Verdelais ; et avec quelle ferveur. quelle explosion de sainte joie, nous allions pendant les jours du séminaire la saluer, déposer à ses pieds avec des fleurs nos vœux et nos résolutions !

Mais Verdelais est éloigné, de près de 30 kilomètres de Créon et de St-Genès. C'est un voyage long et pénible pour plusieurs ; on est forcé de l'invoquer de loin.

On a voulu un centre de pèlerinages plus rapproché de ces contrées du Bordelais. La Madone de Tout-Espoir a groupé soudainement à ses pieds, tous ceux qui ne pouvaient, vu l'éloignement, entreprendre le voyage de Verdelais.

Nous savons que la Vierge bénie des rives de la Garonne, l'auguste patronne de nos marins et de la Benauge, n'a perdu ancun de ses fidèles pèlerins accoutumés.

Nous n'avons pas dressé autel contre autel ; et si nous n'avions été qu'à 10 ou 15 kilomètres de Verdelais, nous aurions volontiers laissé dans l'ombre, l'œuvre des pèlerinages à Notre-Dame de Tout-Espoir !.

Ceci dit une fois pour toutes, à ceux qui veulent critiquer quand même, les institutions les plus favorables au développement du sens religieux.

Vous l'avez mieux compris que personne, o bon doyen que nous aimons, et vous avez bien auguré

pour ces contrées et pour votre canton, des pèlerinages annuels et en corps paroissial, au sanctuaire de
N. D. de Tout-Espoir.

Laissons au vaillant et distingué rédacteur en chef
(1) de l'*Union Monarchique du Libournais,* le soin
de nous faire le récit du premier pèlerinage de Créon
à la Madone Séculaire.

... « Favorisé par un temps magnifique, le pèleri-
« nage de Créon au sanctuaire de Notre-Dame de Tout-
« Espoir, a réalisé, dépassé même, toutes les prévi-
« sions les plus favorables. Sous un arc de triomphe
« artistement érigé, et au fronton duquel se détachait
« entre les arcades et les guirlandes de feuillages, cette
« devise — (A notre bon doyen —), la paroisse de St-
« Genès attendait avec croix et bannières déployées,
« les pèlerins de Créon.

« A sept heures précises, Jeudi 25 courant, au chant
« de l'*Ave Maris Stella,* les deux paroisses se fusion-
« naient, et sous les plus joyeux carillons des cloches,
« arrivaient ensemble à l'autel de la Madone sécu-
« laire.

« Pendant la messe de communion célébrée par M.
« le curé de Saint-Genès, le chœur des chanteuses di-
« rigé par les bonnes sœurs de Créon, a redit les lou-
« anges de l'antique image de Notre-Dame, par des
« cantiques adaptés à la fête.

(1) M. J. B. Aubert, un de nos Présidents honoraires

« Les communions nombreuses, le recueillement
« de l'assistance, l'autel richement paré et étincelant
« de lumières, les deux instructions avant et après la
« communion, la messe d'actions de grâces dite par le
« bon curé de Jugazan, tout s'est succédé dans un or-
« dre parfait et avec un ensemble plein de piété ; et sur
« les tapis des prairies fraichement coupées, sur les
« bords ombrageux du Tourne, sur les flancs de la col-
« line, dans les maisons hospitalières du bourg et
« des environs de l'Église, les nombreux pèlerins se
« distribuent pour prendre avec un frugal déjeûner,
« quelques instants de repos.

« A dix heures la messe solennelle a été chantée par
« Monsieur le doyen de Créon ; elle a été immédiate-
« ment suivie de l'imposition du scapulaire à toutes
« les personnes qui ont voulu s'affilier à la confrérie
« de Notre-Dame du Mont-Carmel. On évalue à un
« millier le nombre des pieux visiteurs qui ont pen-
« dant la journée adressé leurs prières à Notre-Dame
« de Tout-Espoir.

« Il en est venu de Haux, du Tourne, Langoiran,
« St-Caprais, Tabanac... etc . etc ...

« L'ordre n'a pas été troublé, parce que tous avaient
« au cœur la foi et l'amour de Marie. A deux heures,
« les tintements de la petite cloche appellent autour
« du bon doyen les amis de l'*Ave Maria* ; on égrène
« le chapelet ; on prie pour la France, pour la Sainte
« Église, pour le monde.

« Trois heures sonnent ; les vêpres se chantent
« avec ensemble ; la Consécration à N. D. de-Tout-
« Espoir succède aux vêpres, et la procession s'é-
« branle, à flots serrés, dans les sentiers du Calvaire.

« On va bénir solennellement les trois croix qui le
« couronnent. Quel spectacle imposant que celui de
« cette foule répétant à tous les échos de la vallée, le
« vieux cantique cher à nos pères. «

Vive Jésus ! Vive sa croix !

« Les leçons et les gloires de la Croix, ont trouvé
« un chantre inspiré dans Monsieur le curé de Créon.
« Sa voix retentissait forte et émue au dessus des
« fronts inclinés, et l'on a vu des larmes qui pou-
« vaient prouver à ce digne prêtre, que sa voix avait
« eu les secrets de la vraie éloquence.

« La bénédiction du Saint-Sacrement, au retour de
« la procession, a noblement cloturé la journée.

« Monsieur le curé de Saint-Genès a remercié la
« Madone du beau jour donné à son sanctuaire ; il a
« félicité tous les organisateurs de cette belle fête ;
« on s'est dit au revoir, et désormais, les pèlerinages
« se succèderont, pour le bonheur de ces contrées un
« peu éloignées de Verdelais, et qui appelaient de
« leurs vœux, un centre de pieuses réunions dans un
« sanctuaire consacré à Marie.

« On nous annonce, à l'instant même, que le digne

« curé de Sadirac, prépare à son tour un pèlerinage à
« N D. de Tout-Espoir — »

— L'*Aquitaine,* semaine religieuse de l'Archidiocèse de Bordeaux, a reproduit dans un de ses numé-
ros, le récit des belles fêtes que le lecteur vient de
parcourir.

— La *Revue Catholique* de Bordeaux, rédigée par
les plus éminents littérateurs de la Gironde, a bien
voulu à son tour, dans son supplément du 10 août
89, consacrer quelques lignes sympathiques au sanctuaire de Notre-Dame. « St-Genès-de-Lombaud —
« N.-D. de Tout-Espoir. — Les pèlerins ont su
« retrouver le chemin de cet antique sanctuaire
« longtemps oublié, dans l'un des plus jolis sites du
« Bordelais jadis Benauge.

« Le 25 juillet, par une température exceptionnel-
« lement douce, la paroisse de Créon est venue ren-
« dre hommages à la noire Madone.

« Un calvaire a été inauguré.

« Fête pleine d'entrain, chants enthousiastes.

« Tous les renseignements divers, concernant ce
« lieu de dévotion, se trouvent dans un joli volume
« in-16 carré, de plus de 300 pages : le *Vade-Mecum*
« du pèlerin à N.-D. de Tout-Espoir.

« En vente chez M. le curé de Saint-Genès-par-
« Créon, qui le laisse au prix d'imprimerie à 1 fr. 25,
« pris au presbytère.

— *La Croix de Bordeaux,* la vaillante feuille qui lutte sans peur et sans reproches pour Dieu, la famille et la Patrie, a bien voulu, elle aussi, consacrer dans ses colonnes quelques mots d'encouragement aux pèlerins de N.-D. de Tout-Espoir.

A tous ces champions des nobles causes, nous adressons nos plus chaleureux remerciments.

— Pèlerinage de la Société de Bienfaisance de Haux au sanctuaire de Notre-Dame — le 15 août 89.

La Société de Bienfaisance a voulu à son tour venir en corps, rendre hommage à la Madone et se mettre sous sa protection. Le quinze août, soixante de ses membres, ayant à leur tête l'intelligent et sympathique maire de Haux, M. Chêne, président de la Société, faisaient à 10 heures précises leur entrée au Sanctuaire.

Les tambours battaient aux champs, la bannière était déployée, et tous prenaient place près de l'autel.

On a admiré la tenue correcte et recueillie de Messieurs les Sociétaires durant tout le temps de l'office religieux. M. le curé de Saint-Genès leur a adressé un discours sur l'autorité suprême de l'Eglise et sur les dévouements qu'elle a enfanté dans l'humanité, depuis sa fondation jusqu'à nos jours. —

Cette manifestation de foi et d'amour envers la Très-Sainte Vierge a laissé la plus heureuse im-

pression, à tous ceux qui en ont été les heureux
témoins.

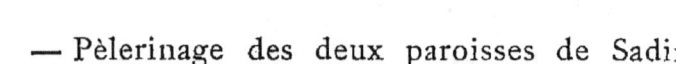

— Pèlerinage des deux paroisses de Sadirac et
Lignan au Sanctuaire de Notre-Dame — le mardi 27
août 89.

Le compte-rendu de ce beau Pèlerinage peut se
lire dans le numéro du 31 août dernier, de l'*Union
Monarchique* de Libourne.

... « Mardi dernier 27 août, dès six heures du
« matin, les pèlerins de Sadirac commençaient à se
« rassembler au pied de la Croix de mission, sur le
« riant plateau qui domine l'Eglise et la vallée de
« Saint-Genès. A sept heures, les trois paroisses de
« Lignan, Sadirac et Saint-Genès, se trouvaient réu-
« nies, et, sous la conduite de leur pasteur respectif,
« se rendaient processionnellement au vénéré Sanc-
« tuaire, au chant de l'*Ave Marie Stella*, alternant
« avec la récitation du chapelet. Les bannières dé-
« ployées, la voix des cloches, le bruissement de la
« brise matinale se jouant à travers les voûtes de
« feuillages, les chants harmonieux des jeunes élèves
« des sœurs de Lignan et de Sadirac, tout semblait
« s'unir pour réveiller dans les cœurs les sentiments
« de foi et de vénération envers la Madone.
« Un temps fait à souhait a favorisé les cérémo-

« nies de l'après-midi auxquelles ont pris part plus
« de douze cents personnes.

« Aussi cette délicieuse journée a-t-elle laissé dans
« tous les cœurs les plus doux souvenirs ; et les heu-
« reux pèlerins, le soir en quittant ces lieux bénis se
« disaient : « Au revoir !... Vive Notre-Dame de
« Tout-Espoir !... A l'année prochaine !... »

Les deux belles paroisses de Lignan et de Sadirac,
ayant à leur tête deux prêtres modèles, donnent à
nos contrées les exemples si précieux de l'assistance
aux offices et de la sanctification chrétienne des
dimanches et fêtes !. Dieu veuille et la Madone, leur
conserver longtemps et toujours l'esprit de foi et le
sens catholique !...

— Pèlerinages des paroisses voisines, Haux, Créon,
le Tourne, Langoiran et Sadirac, le dimanche 8 septembre, fête de la Nativité de Notre-Dame.

La fête patronale de Notre-Dame de Tout-Espoir a
été depuis 1888 fixée définitivement au 8 septembre.
Ce jour-là, au sanctuaire de la Madone, se célèbre
également la solennité de l'Adoration perpétuelle du
Très Saint Sacrement.

L'année dernière ces deux fêtes ne laissèrent rien
à désirer et plus de mille pèlerins vinrent assister à
nos solennités paroissiales.

Cette année, le chiffre des pèlerins, a été ce jour-là plus considérable encore, surtout aux Vêpres.

Monsieur l'abbé Boujut, curé de Haux, est venu présider les cérémonies imposantes de l'après-midi.

Rendons hommage, et ce n'est que justice, à la fanfare de Créon, composée de trente membres aussi dévoués, que bien exercés dans l'art musical.

Cette Société n'en est plus à un coup d'essai, et partout sur son passage, avec les nombreuses récompenses fièrement gagnées, elle a su conquérir l'estime et l'affection de tous. Grâces en soient rendues surtout à Messieurs L'hoste fils et Théodore Lacaire, l'un Président l'autre Directeur de cette Société Philharmonique.

A l'Eglise deux morceaux religieux et une sortie ou marche de grand caractère, ont réconcilié pour un instant, M. le curé de Saint-Genès, avec la musique. —

Au Calvaire, une marche de laquelle avaient été écartés tous mouvements profanes, a mérité aussi tous les suffrages.

Beaucoup d'ensemble, de précision, dans l'exécution des morceaux. Que cette belle Société, qui peut, à certains jours plus solennels, rendre de véritables services, n'oublie jamais de donner à Dieu et à la Vierge bénie, les mélodies les plus suaves et les plus pures de son répertoire !

Qu'elle demande à nos grands maîtres, Mozart,

Palestrina, Haydn et Beethoven, ses inspirations et la règle du jeu !

Que le caractère sacré, domine toujours, avec la profondeur et la gravité de l'idée, les sujets qu'elle viendra parfois exécuter dans nos temples.

En somme belle fête sous tous les rapports et sous tous les aspects.

Le soir à 9 heures, par un temps exceptionnellement doux, a eu lieu l'illumination des Croix du Calvaire ; des feux étincelants s'élançaient vers le Ciel, pour saluer une dernière fois la Madone chère à ces contrées, notre bonne dame de Tout-Espoir!

Pèlerinage du Cercle catholique et de la fanfare de Saint-Seurin, de Bordeaux, au Sanctuaire de Notre-Dame.

La Croix de Bordeaux, *le Nouvelliste* de Bordeaux, *l'Aquitaine* et *l'Union Monarchique* ont rendu compte des belles manifestations du dimanche 13 octobre 89 ; nous laissons à l'un des plus sympathiques rédacteurs de *la Croix*, le soin de nous dire ce qu'il a vu lui-même à St-Genès, intelligent et heureux témoin de nos fêtes.

... « Après les campagnes environnantes, c'est la

« grand'ville qui à son tour est venue, dimanche der-
« nier treize octobre, rendre hommage à la Vierge-
« Noire, N.-D. de Tout-Espoir, désormais patronne
« de cet angle pittoresque de Bordeaux. Les pèlerins
« de la ville n'étaient pas, cette première fois, très
« nombreux, mais l'effet n'en est pas moins considé-
« rable.

« Mille questions qui se posent d'elles-mêmes
« devant un inconnu en on fait hésiter beaucoup à
« entreprendre le voyage.

« Mais un cercle d'hommes, une fanfare de jeunes
« gens, n'y regardent pas de si près. Le voyage a été
« fait au petit bonheur, dans une lourde voiture,
« sans provisions, et personne n'a eu à s'en plaindre.

« Ah! qu'on est bien dédommagé de ce petit
« voyage, quand on met pied-à-terre dans ce déli-
« cieux vallon de Notre-Dame de Tout-Espoir!!!

« Quelle est l'histoire du pèlerinage?

« On sait que la Vierge est providentiellement
« échappée aux déprédations des Anglais au xvᵉ siècle
« et à la hâche de la révolution de 93.

« Aujourd'hui son histoire se compose de pèleri-
« nages collectifs et particuliers. Nous ne doutons
« pas qu'il s'y ajoute bien des faits de délivrance et
« de protection miraculeuse, grâce à la piété, à la
« ferveur des prières que reçoit la vénérée Madone.

« Monsieur le curé qui a eu le courage de restau-
« rer cet ancien pèlerinage, au milieu des difficultés,

« des oppositions de toute sorte, est déjà récom-
« pensé de ses efforts et a acquis des droits, à notre
« reconnaissance : au reste il est bien secondé par la
« municipalité et les notables de la contrée. L'année
« prochaine, nul doute que les pèlerins Bordelais ne
« reviennent à Saint-Genès, amenant à leur suite
« une caravane de 150 personnes au moins, en train
« spécial jusqu'à Créon : les voitures ne manque-
« ront pas pour ceux qui craindraient de faire à
« pied les trois ou quatre petits kilomètres qui sépa-
« rent Créon de Saint-Genès.

« Donc à l'année prochaine, et aux premiers beaux
« jours après Pâques! »

— « A. O. »

La Toussaint a passé depuis les beaux jours des
pèlerinages;... le froid est venu ; et les hirondelles
sont reparties.

Toutefois, presque tous les dimanches, et pendant
les éclaircies de la saison d'hiver, quelques petits
groupes viennent encore prier la Madone.

Que la Vierge, avocate puissante de toutes les
causes saintes et avouables, daigne bénir de plus
en plus ces contrées, et tous les visiteurs de son
sanctuaire! —

Bonne et sainte année à tous nos amis, à tous nos
bienfaiteurs; à nos ennemis eux-mêmes, si nous en
avions quelqu'un; et que la nouvelle année 1890 qui

va paraître sous peu de jours, donne à la sainte Eglise la gloire et le triomphe ; à la France la grandeur, la force et la paix ; au monde l'amour et le respect de Jésus et de Marie ! —

Saint-Genès-par-Créon, ce 25 décembre 1889.

CHAPITRE III

SOUVENIRS

—

... « *Forsan et hæc olim meminisse juvabit.* »
(VIRGILE.)

« Vous avez dans le port poussé ma voile errante ;
« Ma tige aux vents brûlée a repris sa verdeur ;
« Vierge, ah ! je vous bénis ; de ma lampe expirante
« Votre souffle a déjà rallumé la splendeur ! »
(REMINISCENCES.)

Les souvenirs se pressent en foule au Sanctuaire et il nous serait facile de les faire revivre et de les graver ici, pour l'édification de nos lecteurs !

Toutefois, un sentiment de délicatesse et de réserve nous obligera de ne donner encore que les initiales de quelques uns de nos bienfaiteurs, des visiteurs qui sont venus implorer la Madone et lui demander son secours.

Des grâces précieuses ont découlé sur bien des âmes ; les lettres nombreuses qui les retracent, en font foi. —

L'anonyme doit être parfois gardé ; et la Vierge-Marie qui reçut la plénitude de la grâce divine a trouvé à peine une place dans l'Evangile, tout rempli néanmoins du parfum céleste de ses vertus cachées.

« La génération mauvaise et adultère cherche des « prodiges ; elle a besoin de voir pour croire et pra- « tiquer les commandements. » Le plus grand de tous les miracles c'est la conversion d'une âme pécheresse, le retour à Dieu et à la vertu.

Il est dans nos Saints Livres un texte qui m'a tou- jours impressionné et qui revient souvent à ma pen- sée; c'est celui qui parle des séductions dernières qui précèderont la grande-avenue du Fils de l'homme sur les nuées des cieux.

Il se fera des prodiges, des signes si éclatants, que les élus eux-mêmes pourraient presque en être séduits.

« *Facient signa, seducent si fieri potest, etiam* « *electos Dei.* »

« On vous dira (c'est Jésus lui-même qui parle « à ses apôtres), le Christ est là, il se montre claire- « ment à la vue des assistants; n'y allez point, car ce « n'est pas le Christ.

« Comme l'éclair qui traverse la nue et s'évanouit aussitôt, ainsi de l'avènement du Fils de l'homme à la fin du siècle. »

La terre et sa belle parure ; les monts étincelants de neige, dorée par les rayons de soleil ; les torrents et les fleuves, les vertes vallées, toutes ces magnifi- cences de la création ont jailli des mains de Dieu, pour les élus. Les réprouvés les verront et les voient aussi mais sans profit pour leur âme, sans en comprendre les leçons et les vertus mystérieuses.

Et lorsque le Très-Haut contemplant la terre ou s'agitent les faibles mortels cherchant les cieux, n'y trouvera plus d'élu, la terre cessera, et le feu dévorera en un clin d'œil le siècle.

« Judicabit sæculum per ignem »

Alors on entendra les clameurs désespérées des maudits ; et elles diront : « Montagnes, montagnes « de feu, tombez sur nous, écrasez-nous ; car nous « nous sommes trompés, et nous avons erré loin de « la voie salutaire. »

Seigneur, je n'ai pas besoin de voir pour croire ; et votre évangile me suffit, pour la gouverne et la consolation de ma vie !

Votre Église infaillible me l'explique et m'en fait saisir le sens caché, et votre Église et votre évangile suffisent à mon bonheur et à ma sécurité sur la terre.

Je ne ferais pas un pas pour voir un *miracle*, je craindrais trop de n'avoir vu qu'un *prodige*.

« Facient signa, seducent si fieri potest etiam « electos Dei. »

Faites, Seigneur, dans ce temple, consacré à votre mère, à Notre-Dame, *tout espoir du repentir*, de vrais *miracles silencieux*.

Donnez, ô Marie, donnez à tous ceux qui sont

venus vous prier cette année, l'immense grâce de
voir leur vie, de posséder leur âme par la patience,
et de mériter le seul bien désirable au pèlerin ; le
retour dans la patrie du ciel après le voyage de la
terre ! Voilà le grand miracle que nous vous deman-
dons chaque jour, car c'est le seul, ô Vierge de
Tout-Espoir, qui puisse remplir l'immensité de
nos désirs!!!

Donnez-nous Jésus, et c'est assez !

En parcourant le registre déposé aux pieds de la
Madone séculaire, nous avons remarqué avec une
religieuse satisfaction que les grâces demandées à
Notre-Dame durant le cours de l'année 1889, sont
pour la plupart spirituelles.

Les fidèles ont compris que c'est par l'âme, dont
les besoins sont infinis qu'il faut commencer, et que
confier son salut éternel à Marie, c'est être assuré du
plus grand, du seul bien désirable. Pensée salutaire,
que le divin Maître, cet admirable philosophe qui a
si merveilleusement tracé aux hommes les sentiers de
la justice et de la vérité, a reproduite en ces termes :
« *Quærité primùm regnum Dei et justitiam ejus: et*
« *hæc omnia adjicientur vobis* » — « Cherchez tout
« d'abord le royaume de Dieu et sa justice, et tout le
« reste vous sera donné par surcroit. »

Tout le reste qu'est-ce à dire ? —

Pour le plus grand nombre des chrétiens de nos
jours, l'affaire capitale n'est plus d'assurer une éter-

nité de bonheur et de gloire à leur âme, mais bien plustôt de rechercher avec sollicitude tout ce qui peut satisfaire un corps de boue, qu'attendent les vers du tombeau.

Pour les vrais philosophes imitateurs du Christ, la fortune, le vêtement, le vivre, la guérison d'infirmités physiques, sont laissés à la paternelle répartition d'un Dieu, qui revêt le lis des champs d'une éblouissante parure et nourrit les passereaux !

La foi, avec son regard toujours fixé vers l'éternelle Patrie de l'âme sait attendre du Père céleste, les biens secondaires de la vie du temps.

Et que sont-ils donc tant en vérité, ces biens corporels, à la conquête éventuelle desquels l'homme se précipite avec tant d'ardeur ?

Bossuet nous l'apprend en quelques mots rapides et éloquents : « La santé, (nous dit cet illustre orateur) « n'est qu'un nom, la vie un songe, la gloire une ap- « parence, les grâces et les plaisirs de dangereux « amusements. »

Mais telle est cependant la libéralité de notre Père du Ciel qu'il a promis d'inonder de tous les biens se-condaires, ceux qui chercheront d'abord la justice et le royaume des Cieux.

Pensée consolante pour les infortunés qui remplissent la terre, alors qu'ils espèrent en Celui que l'o-raison dominicale leur apprend à nommer : « Notre « Père ! »

Il semble néanmoins que le Fils de l'homme laisse à Celle qu'il appela sa mère, la fonction sublime et touchante d'intercéder pour les pécheurs, et de devenir l'avocate des désespérés.

Tourmenté pendant une année entière, de poignantes tentations de désespoir, Saint-François de Sales ne retrouva la paix de l'âme et les douces larmes de l'espérance qu'aux pieds de l'image de Celle qui en est la Reine et la mère.

— « *Ego Mater sanctæ spei.* — »

Notre-Dame de Tout-Espoir honorée à St-Genès, saura rendre aux fidèles qui l'invoqueront, cette paix de Dieu qui dépasse tout sentiment.

: « *Pax dei, quæ exsuperat omnem sensum !* »

Plusieurs l'on éprouvé déjà à ses pieds.

Quelques détails sur l'antique statue de la vierge-mère, doivent nécessairement trouver place dans ce volume et satisfaire la religieuse curiosité des pèlerins.

La Madone est en très beau cœur de noyer ; dans toute la partie droite, de la couronne aux pieds de la statue, il y a peu de traces de dégradations ; tout le côté gauche de la Vierge et celui de l'enfant Jésus portent au contraire de nombreuses traces de mutilations jointes aux injures des siècles. —

La main droite de la statue et son bras droit ont été coupés par la hâche de 93 ; l'enfant Jésus a le bras droit coupé et le gauche miné par le temps.

Assise sur le rebord d'un trône à deux gradins effacés, la vierge élève le bras droit vers le ciel.

Elle tient en sa main un sceptre royal fleurdelisé;

La pose de Notre Dame sur son siège, démontre clairement que le pieux sculpteur a voulu surtout représenter la puissante reine du Ciel et de la terre.

Pour la dignité de la sainte image, il a paru urgent naguère, de lui remettre la main droite et le sceptre, qui avaient été fracturés en 1793.

Ce travail a été fort bien exécuté par M. Brisson l'intelligent sculpteur Bordelais.

Le reste de la statue n'a pas été et ne sera pas réparé. La Madone assise a un mètre d'élévation dans son ensemble.

La couronne est inhérente à son front et également en bois.

C'est une couronne ducale et non pas une couronne de marquise, comme il avait été insinué par erreur à la page 22 du vade-mecum.

La Madone est aujourd'hui recouverte en partie d'un très beau manteau en soie verte et parsemé de fleurs de lys d'or.

Nous avons donné aux antiquaires et amis de l'art d'un autre âge, — toutes les descriptions du vieux monument et les curiosités qui nous ont paru dignes d'attirer leur attention. Quelques unes méritent cependant d'être signalées ici, après de nouvelles recherches plus attentives.

Le chapiteau de la colonne qui domine la chaire à l'entrée du chœur est aussi original que digne d'intérêt. C'est la mise en action du vieux proverbe bien connu dans nos campagnes : « *Au paresseux labou-* « *reur, les oiseaux mangent le meilleur)* »

Deux oiseaux au long bec absorbent avidement le contenu d'un sac, près duquel sommeille un brave paysan assis, les deux mains reposant sur ses genoux. Quelques feuillages ramifiés, semblent vouloir imiter des arbres, et ombrager le front du dormeur.

Le grand Christ en Croix, de l'Eglise de Saint-Genès, paraît remonter au treizième siècle.

Il est en bois de chêne d'une seule pièce, et mérite quelque attention, d'après le jugement de deux artistes antiquaires.

La porte latérale de l'Eglise est du seizième siècle en très beau bois d'une bonne épaisseur, et ornée de moulures.

La clef qui remonte également au seizième siècle est fort curieuse, d'une longueur et d'un poids remarquables.

Le bénitier de la grande entrée est un ancien baptistère, du seizième siècle lui aussi.

Le Sanctuaire de Notre-Dame de Tout-Espoir commence à s'enrichir d'ex-voto que la reconnaissance pour les grâces obtenues, vient y déposer.

Deux familles ont confié naguère au marbre le souvenir des faveurs accordées par Notre-Dame. La grande table de marbre entaillée dans le mur du Sanctuaire près de l'Evangile, reproduit la concession de Monseigneur Guilbert, et l'autorisation du culte de Notre-Dame de Tout-Espoir.

Nous livrons cette pièce aux lecteurs de nos Archives.

N° 268.

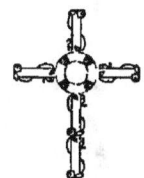

Nous, Aimé-Victor-François Guilbert, par la grâce de Dieu et du Siège Apostolique, Archevêque de Bordeaux, Primat d'Aquitaine.

Vu la demande qui nous a été adressée par M^r. L'abbé Soulerain, curé de la paroisse de Saint-Genès-de-Lombaud, et par le conseil de Fabrique de la dite paroisse.

Autorisons la dévotion à la Très Sainte Vierge établie dans cette paroisse, sous le nom de Notre-Dame de Tout-Espoir.

Accordons une Indulgence de quarante jours, à tous les fidèles qui réciteront l'*Ave Maria* ou le *Salve Regina,* devant la Statue Séculaire de la Madone, heureusement restaurée.

Donné à Bordeaux dans notre palais Archiépiscopal

sous notre seing, le sceau de nos armes, et le contre-
seing du Secrétaire de Notre Archevêché, le 30 Janvier 1889.

† Aimé-Victor F. Archevêque de Bordeaux.

Par mandement
de Monseigneur:

†

Locus Sigilli.

A. Desclaux, ch. h^re.
Secrétaire.

La grande table de marbre qui se trouve en face.
de la précédente, du côté de l'Epître, est ainsi libellée

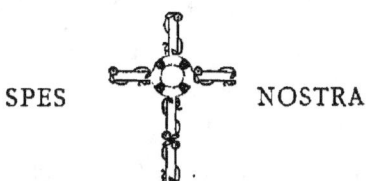

SPES NOSTRA

Le 2 Février 1889, fête de la Purification de Notre-
Dame, S. S. Léon XIII Pape heureusement régnant,
A. V. F. Guilbert étant Archevêque de Bordeaux, J.
E. Soulerain étant curé de Saint-Genès de Lombaud;
Messieurs les Fabriciens de cette Eglise ont voté
l'érection de cette plaque commémorative, pour té-
moigner leur reconnaissance aux Bienfaiteurs du
Sanctuaire de Notre-Dame de Tout-Espoir.

Des prières pour Sa Grandeur Monseigneur L'Archevêque de Bordeaux seront dites chaque jour à l'autel de la Madone.

Ont été nommés Présidents d'honneur du Sanctuaire de N. D. et de la Confrérie de la Madone :

S. G. Mgr Cœuret-Varin, évêque d'Agen.

M^r. Broussard, curé-doyen de Créon.

M^r. Gervais, Vicaire-Général honoraire.

M^r. Boujut, curé de Haux, ancien curé de St-Genès.

Directeur de la confrérie, J. E. Soulerain, curé.

Bienfaiteurs du Sanctuaire.

M. M.

Zoé Dreuilh.

Pierre-Joseph.

Madeleine.

Mathieu, maire de Saint-Genès.

J.-B^te. Xavier Dublan.

Quorum memoria in benedictione.

Le vénérable archevêque de Bordeaux n'est plus ! Depuis l'érection de nos deux belles plaques commémoratives, Monseigneur Guilbert, de noble et sainte mémoire, s'en est allé recevoir au Ciel, des mains de Notre-Dame de Tout Espoir, le 15 août 1889, la couronne légitimement conquise par un long et fructueux épiscopat.

La Concession faite par l'auguste Prélat au vieux temple du moyen âge, aura été comme un testament de gloire laissé par lui au Diocèse de Bordeaux !. —

Notre-Dame de Tout-Espoir et Notre-Dame du Laüs auront reçu du Prince de L'Eglise, ses dernières prières et son suprême regard !

Touchante et mystérieuse action du Très-Haut ;

Bénédiction, espérance de vie et d'immortalité, que la Vierge avait préparé dans sa reconnaissance, au Pontife pieux et droit !

Le successeur de Monseigneur Guilbert sur le siège archiépiscopal de Bordeaux, sera, tout nous le fait présager d'avance, un protecteur et un ami de la Madone séculaire, Notre-Dame de Tout-Espoir !

Qu'Elle lui prépare dans sa miséricordieuse bonté, un épiscopat glorieux, fécond en œuvres de vie ; qu'Elle lui réserve avec les années si activement et si fructueusement remplies de l'immortel Cardinal Donnet, le parfum de piété sacerdotale, que nous a laissé Monseigneur Guilbert à Bordeaux.

Tels sont les vœux et les prières que nous adressons chaque jour en famille, groupés aux pieds de l'image de Notre bonne Dame de Tout-Espoir.

« Il me semble que je prie mieux ici, dans ce vieux « temple sombre et sévère ; dans ce silence universel « du dehors et du dedans ; nous disait naguère un « pieux pèlerin Bordelais.

« Ce sentiment, avons-nous répondu au généreux
« chrétien ne saurait nous surprendre ; d'autres ici
« l'éprouvèrent comme vous et avant vous ; il semble
« que l'on ne prie pas seul ici, aux pieds de l'image
« séculaire de Marie : nos pères, nos aïeux dans la
« foi sont près de nous et nous soulèvent ! C'est la
« communion des saints en attendant les joies sans
« mélanges et sans fin, du Paradis ! — Qui sait du
« reste, Monsieur, si le naïf et pieux sculpteur de
« cette statue, n'est pas en ce moment au Ciel, d'où
« ses prières descendent jusqu'à nous ? — Un saint
« peut suffire au salut d'un monde ! »

Si ces lignes viennent à tomber sous les regards d'un
esprit fort, elles pourront le faire sourire de pitié ! Les
esprits forts ont la liberté et nous ne la leur envions
pas, de traiter de folie et de vaines superstitions, tout
ce qui n'entre pas dans le domaine tangible de la matière.

Folie, imaginations vaines, puérilités, vous valez
bien le brutal et ignoble réalisme, enfanté par des
passions sans retenue et sans frein !

N'auriez-vous servi après tout, qu'à détacher pendant quelques instants nos âmes du terre-à-terre, qu'à
les consoler quelques heures, que nous n'oserions
nous plaindre et relever les insultes du scepticisme.

Tout ce que l'Eglise par nos chefs les évêques ap-
prouve hautement ou tolère, nous paraît autrement

sérieux et louable, que ce qu'Elle désapprouve ou condamne!

A une propagande infernale et éhontée contre le Christ et son Eglise, contre nos dogmes et nos pieuses croyances, nous oserons opposer sans peur et sans relâche, avec le calme qui sied si bien aux œuvres bienfaisantes et saintes, la dévotion à Notre-Dame de Tout-Espoir.

Ce sera la meilleure réponse, la plus efficace surtout, apportée aux attaques de la libre pensée.

La piété des fidèles enrichit déjà le sanctuaire de la Madone d'ornements nécessaires au culte divin, et qui nous faisaient défaut.

Reconnaissance d'abord et surtout, au pieux laïque Bordelais, qui s'est fait avec nous et plus efficacement encore, le zélé pourvoyeur de la Sainte-Vierge.

C'est à M' J. B. X. D... que nous devons en grande partie le renouvellement du vestiaire de l'Eglise de Saint-Genès.

A toutes nos dévouées bienfaitrices Bordelaises, il n'est que trop juste de payer un tribut de gratitude.

On nous a prié d'exposer franchement tous nos besoins et de dresser la liste détaillée des objets principaux qui restent encore à procurer.

Nous la donnons plus loin, à nos Bienfaitrices.

Tout était à refaire dans cette paroisse presque dé-

laissée depuis la Révolution. Dans un des chapitres du
vade-mecum, à la page 36 nous avons payé à M. Léon
Pepin un tribut de reconnaissance, pour le legs fait
à la Fabrique de Saint-Genès, et avec lequel on a pu
restaurer jadis les voûtes de l'Eglise.

Le pieux jeune homme sur son lit de mort, a de sa
volonté personnelle, assuré la restauration de l'édifice.
C'est à lui seul que s'adressent avec nos remercîments,
nos prières les plus ferventes pour le repos de son
âme.

C'est M^r J-B^{te} Clément vénérable vieillard de 87
ans, qui a bien voulu inaugurer le calvaire en nous
donnant un très beau christ en fonte, modèle Bou-
chardon, avec la croix en cœur de chêne.

Les deux autres croix sortent des bois de M^r
Mathieu et de Mme de Lafollye, qui ont bien voulu
nous en faire présent.

Les quatorze stations du chemin de la croix restent
à bâtir. Quatre d'entr'elles sont assurées à 300 francs
l'une. Les travaux vont s'effectuer sous l'habile
direction de Mr Mérigon, qui a reçu le titre de
président de la commission du Calvaire, et se chargera, avec le talent et le zèle qui le distinguent,
de conduire cette œuvre à bonne fin. M. Rembès,
nommé *Vice-Président-caissier*, se chargera également de le seconder, et d'activer le travail des cons-
tructions.

Afin que ce volume soit pour tous les Dignitaires de la Société et les agrégés à la confrérie de N.-D. de Tout-Espoir, un manuel pratique et commode, nous leur livrons les statuts approuvés, et les règlements qui régissent désormais l'action de L'œuvre.

Pour éviter toute confusion disons d'abord qu'on peut être affilié à la Confrérie de Notre-Dame de Tout-Espoir, sans pour cela faire nécessairement partie de la Société Catholique dans laquelle les *Dignitaires* de l'œuvre sont *seuls admis*.

Les dignitaires de la société font toujours partie de la Confrérie, qui est la base de l'œuvre entière.

CONFRÉRIE DE N. D. DE TOUT-ESPOIR

STATUTS ET RÈGLEMENTS

ARTICLE I.

La paroisse de Saint-Genès de Lombaud n'ayant pas encore de Confrérie canoniquement érigée, nous nous empressons de soumettre à l'autorité archiépiscopale, l'érection d'une Confrérie à la Très Sainte Vierge Marie, mère de Dieu, sous le vocable de Notre-Dame de Tout-Espoir.

Art. II

L'antique statue de Notre-Dame, qui surmonte le grand autel, vénérable statue du XIIe siècle, portera le nom de N. D. de Tout-Espoir.

Art. III

Ce nom n'a et n'aura pour tous les serviteurs de la Très Sainte Vierge, aucune autre signification que celles attribuées à la mère de Dieu par l'Eglise Catholique et les Docteurs ; c'est-à-dire que la dévotion à Marie, refuge des pécheurs pénitents, santé des malades corporels et spirituels, refuge aussi de ceux qui désespèrent de la bonté de Dieu pour leur salut, est, d'après Saint Bernard, toute la raison de notre espoir.

Art. IV

Pour faire partie de cette Confrérie, approuvée désormais par S. G. Mgr Guilbert archevêque de Bordeaux, il faut se faire inscrire sur le registre spécial, par Mr. le curé que Monseigneur nomme Directeur de la Confrérie.

Art. V

Il est obligatoire de porter le scapulaire du Mont-Carmel et la médaille de la Sainte-Vierge.

Art. VI

Tous les agrégés à la susdite Confrérie, s'engagent à sanctifier chrétiennement les Dimanches et Fêtes d'obligation, et à les faire sanctifier par leurs domestiques.

Art. VII.

Ils s'engagent également à la confession et à la communion de précepte à Pâques.

Art. VIII

Tous les premiers Dimanches du mois, après Vêpres, sauf le cas d'empêchements majeurs, les associés présents et convoqués par M^r. le curé, réciteront ensemble le chapelet et les litanies de la Sainte-Vierge. On fera ensuite une petite cotisation pour les besoins du culte. Le chiffre en est laissé au bon vouloir et aux ressources de chacun des associés.

M^r. le curé fera une courte exhortation et on se séparera après le chant de *L'Ave maris Stella*.

Art. IX

Les associés malades seront visités autant que possible et consolés par leurs confrères. S'ils étaient dans le besoin, on s'empresserait d'en informer M^r le Curé Directeur.

Art. X

On récitera tous les jours, autant que possible avant de se coucher, trois Ave Maria, le Salve Regina, et l'invocation à la Madone dont les quatre principales fêtes seront ; '

1° 25 Mars, annonciation de N. D.

2° 16 Juillet, N. D. du Mont-Carmel.

3° 8 Septembre, Nativité. Fête patronale.

4° le second Dimanche d'octobre, Maternité de la B. V. M.

Tous les ans le 15 Janvier, à 9 heures, un service funèbre solennel, sera célébré à l'autel de la Madone pour tous les associés à la Confrérie, pour tous les Bienfaiteurs, Fondateurs et Zélateurs, ainsi que pour tous les anciens curés de Saint-Genès, défunts.

Fait à Saint-Genès, le 25 Décembre 1888.

†   Vu et approuvé

Lieu du Sceau   BUCHE, Vicaire Général.

Société Catholique et membres de la Commission du Calvaire.

Le Mardi 25 Mars 1890, Messieurs les dignitaires et membres de l'œuvre de la Madone, se sont réunis en séance pour arrêter ensemble les statuts définitifs de la Société et les plans concernant le succès de l'œuvre.

Une décoration en soie verte avec l'image de la Croix et le monogramme de la Vierge-Marie, a été distribuée à chaque Dignitaire, après avoir été bénite et avoir touché la statue de la Madone.

Tous étant dûment convoqués, ont arrêté définitivement ce qui suit :

ART. I

Une Société Catholique ayant pour but l'extension du culte de la Vierge-Mère, sous le vocable autorisé de Notre-Dame de Tout-Espoir et la diffusion de la religion catholique et des principes moraux, est dès ce jour constituée.

ART. II

Il y aura une réunion solennelle de Messieurs les Dignitaires et membres de la Société-commission du Calvaire tous les ans le 8 septembre, jour de Fête Patronale de la Madone.

Tous y seront convoqués officiellement par Lettre signée de Mr. le Président de la commission et du Secrétaire. Tous également devront assister à la messe de 10 heures, au Banquet de midi, et à la séance qui le suivra.

ART. III

Messieurs les Dignitaires porteront leur décoration à la boutonnière :

1º à chaque pèlerinage auquel ils assisteront.

2º à chaque enterrement ou service funèbre d'un des membres de la Société.

3º à chaque réunion solennelle en corps.

4º aux quatre grandes fêtes de la Madone, ci désignées :

— Le 25 Mars, annonciation de la B. V. Marie.

— Le 16 Juillet, Notre-Dame du Mont-Carmel.

— Le 8 Septembre, Nativité de N. D.

— Le second Dimanche d'octobre, Maternité de la B. V. Marie.

Enfin le saint Jour de Pâques, s'ils se trouvent au Sanctuaire de la Madone.

En dehors des jours de fêtes ci désignées, ils s'abstiendront de la porter.

Art. IV

Messieurs les Dignitaires voudront bien aviser M^r. le curé de Saint-Genès du décès d'un des membres de la Société dans leur région.

Un service funèbre de quinzaine sera célébré au Sanctuaire de la Confrérie pour chaque Dignitaire défunt.

Egalement et chaque année le Quinze janvier un service est fondé pour tous les Bienfaiteurs, associés ou Dignitaires de L'œuvre, décédés.

Art. V

Chaque membre récitera tous les jours : trois Ave Maria avec l'invocation : « Notre-Dame de Tout-Espoir, priez pour nous. »

Ceux qui le pourront aisément y ajouteront une fois le Salve Regina.

Art. VI

Il est à désirer que chaque membre remplisse les devoirs du catholicisme et en particulier :

Les prières du matin et du soir.

L'assistance aux messes de précepte, les jours de Dimanches et fêtes ; ainsi que la confession et communion à Pâques.

Art. VII

Dans les réunions de la Société il est formellement interdit de s'entretenir de politique et de critiquer les absents quels qu'ils soient.

Art. VIII

Chaque dignitaire selon sa force, ses aptitudes, ses ressources non moins que selon son bon vouloir, soutiendra et répandra autour de lui, l'œuvre de la Madone et celle du Calvaire en fondation.

Art. IX

Le jour du service de quinzaine pour le décès d'un Dignitaire, Messieurs les Sociétaires présents à l'office funèbre se réuniront au presbytère après la cérémonie, afin d'élire au scrutin secret un remplaçant.

Messieurs les Présidents honoraires de la Société seront toujours au nombre de vingt-cinq. Douze prêtres, douze laïques et un Président honoraire adjoint.

Les quatre présidents d'honneur seront tous prêtres

et choisis parmi les Dignitaires du clergé favorables à l'œuvre.

ART. X

On ne devra élire comme dignitaires que des catholiques dévoués et pratiquant au moins l'essentiel de leur religion. Aucun affilié aux Sociétés secrètes, libre penseur, matérialiste, ne pourra être élu.

ART. XI

Afin de former la base et fondation d'un service funèbre pour chaque Dignitaire, chacun d'entr'eux versera chaque année, le 8 septembre après le Banquet, la somme de trois francs entre les mains de la Fabrique.

ART. XII

Messieurs les Dignitaires s'aideront les uns les autres dans les nécessités de la vie, selon leurs moyens et leur esprit de foi. Ils useront de leur influence les uns pour les autres dans un but chrétien.

La Société doit resserrer les liens d'une cordiale fraternité ayant pour base l'amour de Dieu.

Et ont été les présents Règlements et Statuts approuvés et signés par tous les membres Dignitaires présents à la séance, ce 25 Mars 1890.

Broussard curé de Créon. Mathieu, maire de Saint-Genès.

Mérigon, P¹. de la commission, Bonnefoi, Soulerain curé de Saint-Genès, Beyre, Morel, Guillier, Aubert, Hostein, Trémont, Boujut curé de Haux, Lespine, Rembès, Dutau, curé de Cursan, Garsaud curé de Jugazan admis à la séance.

Liste de Messieurs les Dignitaires
de la Société de Notre-Dame de Tout-Espoir.

Présidents d'honneur :

1 — S. G. Mgr. Cœuret-Varin, évêque d'Agen.
2 — M. L'abbé Gervais, Vicaire-Général honoraire.
3 — M. L'abbé Broussard, chanoine d'Agen, curé de Créon.
4 — M. L'abbé Boujut, curé de Haux, ancien curé de Saint-Genès.
5 — M. L'abbé Soulerain, curé de Saint-Genès, Directeur.

Présidents honoraires :

M. M.

1 — Petit, vicaire capitulaire du Diocèse.
2 — Dénéchaud, vicaire général honoraire, supérieur du Petit Séminaire.
3 — Sorbier, chanoine honoraire curé de Sadirac.
4 — Buche, curé de Loupiac-sur-Garonne.
5 — Henri Birepinte, curé de Quinsac.
6 — Délujol, curé du Haut-Langoiran.

7 — Mestivier, curé du Bas-Langoiran,

8 — Expert, vicaire à Libourne.

9 — A. Orry, chapelain, aumônier du Cercle catholique.

10 — Birepinte, curé de Lignan.

11 — Dutau, curé de Cursan

12 — Villeligoux, curé de Tabanac.

13 — Mathieu, maire de Saint-Genès.

14 — Mérigon, Président de la Commission.

15 — Beyre, Trésorier de la Commission.

16 — J. B. Aubert, Directeur du Journal Monarchiste de Libourne.

17 — Guillier, imprimeur à Libourne.

18 — Clément, propriétaire à Saint-Genès.

19 — Rembès, à Saint-Genès.

20 — Lespine Président de la Fabrique, id.

21 — Le Comte Cardez, à Bordeaux.

22 — Xavier Dublan, à Bordeaux.

23 — Morel, propriétaire au Tourne.

24 — Delmas père, à Bordeaux.

25 — Bonnefoi père, à Créon.

Adjoints à la Commission.

M. M.

Blouin, fabricien.

Trémont, trésorier.

Hostein, fabricien.

Le prix du Banquet annuel du 8 septembre a été fixé à 5 francs.

———— ⚜ ————

Liste des objets mobiliers manquant au Sanctuaire de Notre-Dame de Tout-Espoir.

1°. — Une chape violette
2°. — Une chape blanche
3°. — Un voile huméral pour bénédiction du S^t. S^t.
4°. — Un ornement vert, chasuble et accessoires
5°. — 6 nappes d'autel
6°. — Un surplis ou rochet à manches étroites
7°. — Un calice
8°. — Un lutrin avec grand Graduel et Vespéral notés
9°. — 12 purificatoires
10°. — 12 corporaux
11°. — 12 manuterges
12°. — Un ornement en drap d'or chasuble et accessoires
13°. — Un missel petit format avec son porte missel
14°. — Une sonnette pour la messe
15°. — Un grand tapis pour le Sanctuaire
16°. — 6 urnes en bois pour recevoir fleurs artificielles
17°. — Une garniture de lys blancs ou argent, dix ou douze

I

Solo.

Que nos accents
Puissent lui plaire :
C'est notre mère,
Heureux enfants ! . —

(au Refrain)

II

Aux pèlerins
Ouvre un asile,
Un port tranquille,
D'heureux destins.

(au Refrain.)

III

De tout-espoir
O notre-Dame,
Mon cœur s'enflamme
Je viens te voir !

(au Refrain)

IV

Peuple béni
Rendons hommage
A son image,
Tous à l'envi !

(au Refrain.)

ANTIENNE A LA SAINTE-VIERGE

1. Salve Regina, mater misericordiœ, vita, dul-
cedo, et spes nostra salve.
2. Ad te clamamus exules filii Hevœ.
3. Ad te suspiramus, gementes et flentes in hâc
lacrymarum valle.
4. Eià ergo, advocata nostra, illos tuos misericor-
des oculos ad nos converte.
5. Et Jesum benedictum fructum ventris tui nobis post hoc exilium ostende.
6. O clemens !
7. O Pia !
8. O dulcis Virgo Maria !
V. Ora pro nobis sancta Dei Genitrix.
R. Ut digni efficiamur promissionibus Christi.

OREMUS.

Omnipotens sempiterne Deus, qui gloriosœ Virgi-
nis matris Mariœ, corpus et animam ut dignum Filii
tui habitaculum effici mereretur, Spiritu Sancto coo-
perante, prœparasti ; da, ut cujus commemoratione
lœtamur, ejus pià intercessione, ab instantibus malis
et a morte perpetuâ liberemur.

Per eumdem Christum dominum nostrum.
R. Amen.

MEMORARE OU CANTIQUE DE SAINT-BERNARD

Refrain.

Souvenez vous, ô tendre mère,
Qu'on n'eut jamais recours à vous
Sans voir exaucer sa prière ;
Dans ce beau jour, exaucez-nous !   (bis).

I

Des siècles écoulés j'interroge l'histoire,
Pour dire ses bienfaits, ils n'ont tous qu'une voix ;
Verrai-je en un seul jour s'obscurcir tant de gloire,
L'Invoquerai-je en vain pour la première fois ?
(Pour la première fois ?)

(au refrain.)

II

Marie à nos accents prêta toujours l'oreille ;
Le juste est son enfant, il peut tout sur son cœur,
Mais auprès du pécheur, jour et nuit elle veille ;
Il est son fils aussi l'enfant de sa douleur.
(L'enfant de sa douleur !).

(au refrain.)

III

Et moi de mes péchés traînant la longue chaine,
Vierge Sainte, à vos pieds, j'implore mon pardon ;
Me voici tout tremblant, et je n'ose qu'à peine
Lever les yeux vers vous, prononcer votre nom.
(Prononcer votre nom!)

(au refrain.)

CONSÉCRATION A N.-D. DE TOUT-ESPOIR (1)

O divine mère du Christ Jésus, o Notre-Dame-de-Tout-Espoir, patronne de cette paroisse de Saint-Genès, nous venons en ce jour, par un acte public et solennel, vous offrir nos cœurs.

Prosternés aux pieds de votre antique et vénérable image, nous jurons d'être vos enfants, vos serviteurs, et, autant que pourra le permettre notre fragilité, les imitateurs de vos vertus.

Soyez, o Marie, o Notre-Dame-de-Tout-espoir, notre refuge dans les tentations de la vie, notre avocate autorisée auprès de votre fils Jésus.

Priez pour nous
Secourez-nous
Veillez sur nous !

Dans nos chutes tendez-nous une main secourable, et daignez surtout, o Marie, après les jours de notre rapide pèlerinage sur la terre, nous ouvrir vous-même la porte des cieux !

Notre-Dame de Tout-Espoir, priez pour nous !

Ainsi-soit-il.

---

(1) Cette consécration à la madone séculaire, est récitée à tous les pèlerinages ; le jour de la première communion et à toutes les principales fêtes de Notre-Dame.

SUPPLÉMENT AUX ARCHIVES

PÈLERINAGES ET SOUVENIRS

1°. — *Notices Biographiques.*

2°. — *Documents divers sur l'archiprétre, curé-doyen, curé-rural, etc., adressés sur sa demande, à mon ami G. M.*

3°. — *Le Regina Cœli,* (d'HENRI ROCHEFORT.)

4°. — *Le curé mort,* (de LAMARTINE.)

5°. — *Bref de S. S. le Pape Léon XIII, au sanctuaire de Notre-Dame de Tout-Espoir.*

6°. — *L'étole d'honneur; poésie adressée à Monseigneur l'Evêque d'Agen.*

7°. — *Règlement des Pèlerinages au Sanctuaire de Notre-Dame pour 1890 et les années suivantes. Nouvelles faveurs pontificales.*

8° — *Un encouragement et un souvenir d'outre-tombe.*

A LA MÉMOIRE DE MON PÈRE

Claude-Germain Soulerain naquit le 7 Mai 1823 à Bourg-Argental (Loire), petite ville de 3, 500 habitants, renommée surtout par sa curieuse église du IXe siècle, monument historique. Cette localité fait un commerce assez actif des vins du Rhóne, de soieries et velours Lyonnais.

Bourg-argental est aussi la patrie du Cardinal Donnet, qui y naquit en 1795, et mourut archevêque de Bordeaux en 1882, après quarante six ans d'un fécond et laborieux épiscopat dans la capitale de l'Aquitaine (1836 - 1882).

Élevé par une vaillante et sainte mère, Jeanne Balmet, Germain Soulerain puisa au foyer domestique les principes solides de foi chrétienne qui devaient illuminer et diriger sa vie.

En 1841, jeune adolescent plein d'avenir et d'espérance, Germain Soulerain à l'appel de Monseigneur Donnet son compatriote, alors archevêque de Bordeaux, quittait ses chères montagnes, une famille tendrement aimée, pour entrer au petit séminaire près de son illustre protecteur.

Jamais, sa vie entière durant, le jeune lévite n'oubliera les enseignements de ses maîtres dévoués.

Germain gardera pour Messieurs Lacombe et Larrieu un culte de religieux respect, auquel il saura joindre une affection et une estime profondes.

Après trois années de petit séminaire et deux années passées au grand séminaire de Bordeaux, le jeune clerc-minoré comprit que la volonté de Dieu l'appelait à un autre apostolat que celui du prêtre.

Il va devenir et restera jusqu'à l'heure même de sa mort, le collaborateur affectueux et infatigable du curé.

Ce sera son rôle glorieux par excellence et dont il saura se montrer fier.

Castillon-sur-Dordogne possédait à cette époque (1845) un pasteur au cœur d'or, à l'intelligence alerte non moins qu'étendue, et dont l'âme était un encensoir, parfumé par une prière sans fin.

Qui n'a pas connu et nommé le saint abbé Videau?

Pendant cinquante-trois ans, le digne curé de la ville coquette et quelque peu frivole, le pieux abbé Videau, catéchisa, prêcha surtout d'exemple, et se rendit légendaire par une charité sans limites. (1)

Doué d'une nature éminemment artistique, merveilleusement enrichi d'une voix sonore et toute pleine d'harmonie, Germain Soulerain se met à la disposition du bon prêtre pour la direction du chœur des chanteuses, et prend place à l'harmonium.

En 1846 Mr Videau marie l'ancien lévite avec une

---

(1) Lire la remarquable Oraison funèbre de Jean-Baptiste Videau, chanoine honoraire, curé de Castillon, par l'abbé Pierre Mazet, enfant de cette localité. Cette œuvre de piété filiale reproduit avec une simplicité éloquente les héroïques vertus du saint vieillard, et le fait revivre tel que nous l'avons connu, aimé et vénéré.

jeune fille de Castillon, Catherine Roque, issue d'une des familles les plus honorables du pays.

En 1849 le 7 Mars, la mort enlevait au jeune artiste cette épouse dévouée et tendrement chérie ;

Catherine Roque laissait deux enfants en bas âge, l'aîné ayant à peine deux ans.

Les deux orphelins demandaient une nouvelle mère.

Germain Soulerain la leur donna l'année suivante, en épousant Marie Rogé, fille vertueuse, intelligente et dévouée, qui prit et sut garder toujours sa tâche difficile et délicate.

Elle fut vraiment la mère des deux enfants confiés à sa direction et à sa tendresse.

Tour à tour instituteur à Saint Jean de Blaignac, à Sainte-Terre, à Castillon ; fondateur de dix-huit sociétés orphéoniques et instrumentales, Germain Soulerain viendra en 1851 se mettre à la disposition de M. l'abbé Cluzan.

Le bon supérieur s'attacha vite à son nouveau professeur, et Mr. Soulerain deviendra en même temps l'ami et l'un des premiers collaborateurs de Mr Cluzan, dans la fondation du collège catholique de Saint-André-de-Cubzac.

Professeur de musique, professeur de seconde et de mathématiques, il cumulera en se multipliant et se dévouant sans relâche, des fonctions diverses.

Au collége, il nouera des amitiés profondes avec ses collègues, et le souvenir de Messieurs Bacot, Aubaret, Labrunerie, Cayx, etc., viendra avec celui de Mr. Cluzan, prendre en son cœur une place, que l'absence et les années seront impuissantes à effacer.

Fondateur de la fanfare et de l'orphéon St-Ferdinand, mis dès leur première aurore, sous le haut patronage du bon Cardinal son compatriote, ces deux sociétés prendront sous l'habile direction de l'artiste, un éclat aussi solide que brillant.

Et les récompenses viendront en grand nombre se grouper, médailles d'or et d'argent, sur la bannière de la société St-Ferdinand. Elles atteindront le chiffre de 22, et couvriront, presque dans son ensemble, le drapeau de velours bleu que le bon cardinal, en le lui confiant, chargait son compatriote de conduire à la gloire. !

Mais Monsieur Cluzan succombant à sa lourde charge venait de quitter tout en pleurs, le collége bien-aimé, et gagnait, le baton de pasteur à la main la modeste cure de Cissac-en-Médoc.

M. Soulerain ne se consola jamais du départ de M. Cluzan, son bienfaiteur, et son meilleur ami.

En 1869 la ville de Castillon recevait l'artiste apprécié de tous et qui revenait continuer son œuvre première.

C'est dans cette ville que la mort vint le frapper, le 3 Juin 1878.

Préparé par un saint ami de séminaires, (1) au passage redoutable, après avoir reçu avec une loyale piété et à plusieurs reprises, tous les Sacrements, Claude Germain Soulerain âgé de 55 ans, la croix serrée sur la poitrine, entrait dans l'éternelle patrie du repos et de l'harmonie.

Sa vie artistique, fut chrétienne, et bien peu parmi ses contemporains et émules, comprirent comme lui la force et la grandeur du chant Grégorien ; bien peu aussi surent l'exécuter avec plus d'ampleur et de vérité.

O père, que ce soit aujourd'hui devant le Christ-harmonieux (musicus Christus), ton plus beau titre de gloire !

Joseph-Etienne Soulerain, fils aîné de Claude-Germain Soulerain et de Catherine Roque ;

Né à Castillon-sur-Dordogne, Gironde, le 21 Mars 1847.

---

(1) M. L'abbé Suberville, alors curé-doyen de Castillon-sur-Dordogne, actuellement archiprêtre de Bazas. M. Suberville, l'un des prêtres les plus distingués du Diocèse de Bordeaux est resté l'un des meilleurs et plus sûrs amis de la famille.

Baptisé le lendemain dans la même paroisse.

Première Communion au collége de Saint-André-de-Cubzac le 10 juillet 1859 ; élève du dit collège de (1853 à 1862).

Élève du petit séminaire de Bordeaux de (1862 à 1865).

Élève du grand séminaire de Bordeaux de (1865 à 1870)

Ordonné sous-diacre après une maladie longue et douloureuse, le 25 Mars 1870 par Monseigneur Donnet, archevêque de Bordeaux.

Immédiatement après l'ordination, le jeune sous-diacre toujours très souffrant, va demander pendant quatre années consécutives, aux eaux des Pyrénées, le soulagement et la santé.

Ordonné diacre avec autorisation spéciale de l'Archevêché, en Juin 1873 et à Périgueux, par Monseigneur Dabert.

Nouvelle maladie, retour aux Pyrénées.

Ordonné prêtre le 19 septembre 1874 par Monseigneur de Ladoue évêque de Nevers, et alors lui aussi, dans les Pyrénées.

Toujours souffrant, le nouveau prêtre va demander au climat de l'Agenais un séjour favorable.

Curé du Puy-Fort-Aiguille près Nérac en 1875 puis missionnaire Diocésain à Agen.

De 1876 à 1882 curé dans l'Angoumois.

De 1882 à 1885 curé de Cazaugitat, Diocèse de Bordeaux.

Atteint d'une très grave maladie dans cette dernière paroisse, après un traitement aussi intelligent que dévoué, le malade reprend une santé relative, et accepte le poste de Semens près de Verdelais 1885 à 1887.

Le 15 octobre 1887 nommé curé de Saint-Genès-de-Lombaud canton de Créon.

C'est là que la Madone tutélaire, attendait sous les traits d'une antique image du XIIme siècle, le prêtre qui désormais se dévouera au culte béni de Notre-Dame-de-Tout-Epoir.

« *Remitte mihi, Diva Mater, ut refrigerer priùs-*
« *quàm abeam : et ampliùs non ero.* »

(Psalm 38 V. 18.)

A MON AMI G. M.

Documents sur l'archiprêtre, curé-doyen, curé rural, etc. —

Mon cher ami,

A plusieurs reprises vous m'avez adressé des questions, demandé des définitions diverses, et je n'y ai répondu jusqu'à ce jour, que d'une manière évasive. Vous ne l'ignorez pas, mon cher ami, curé depuis deux années, d'une toute petite paroisse de 180 habitānts à peine j'ai eu cependant assez peu de loisirs; les rares intervalles que me laisse l'œuvre du Sanctuaire de la Madone, étant malheureusement consacrés aux soins que réclame une santé depuis longtemps délabrée et chancelante.

Je profite d'une de ces rares journées de répit et de calme, pour répondre à votre légitime curiosité, sur un sujet scabreux et sur lequel des volumes ont été écrits.

Permettez-moi d'être bref, sur un sujet fécond en controverses, et pour lequel les doctes et les érudits se sont longtemps exercés. — Voici, si je ne me trompe, les questions que vous me posiez naguère encore.

J'y répondrai succinctement, toutefois aussi, de mon mieux. —

1º Qu'est ce qu'un curé ? Quels sont ses droits dans L'Eglise de Dieu ?

2º Quelle différence y a-t-il entre un archiprêtre, un doyen, un curé de 2ᵐᵉ classe et un curé-rural ?

3º La dénomination de desservant convient-elle au curé de campagne, résidant dans sa cure ?

4º Que penser de l'amovibilité du curé de campagne?

I. QU'EST CE QU'UN CURÉ ?
Ses droits dans l'Eglise de Dieu ?

Le curé, de nos jours du moins, est un ecclésiastique revêtu de la dignité du sacerdoce, et qui est chargé par son évêque de la conduite d'une paroisse, afin d'en instruire les habitants et de leur administrer les Sacrements.

Autrefois le droit d'ériger les cures appartenait au seul évêque, et les lois civiles en vigueur, ne songeaient même pas à le lui contester.

Il en est malheureusement tout autrement aujourd'hui. Les gouvernements se sont *attribués* le *soin* de refuser ou d'accorder des permissions à cet égard, à Nos Seigneurs les Evêques. On donne le nom de curé au pasteur pourvu d'une paroisse parce que, dit Barbosa : « appellantur curati, a curà quam de regendis « ovibus suscipere debent — » Curé veut donc dire: « homme de soucis qui veille sur ses brebis spirituel- « les, les gouverne et les régit — » On appelait jadis, et cette locution se retrouve encore en Bretagne, *recteurs*, les curés indistinctement.

Recteur de rector, regere, indique la royauté spirituelle du curé, sur tous ses paroissiens quels qu'ils soient.

Il est inconstestable que par sa dignité même, le prêtre légitimement chargé d'une paroisse, le curé en un mot, est élevé au dessus des chrétiens confiés à sa garde. Sa personne, par l'onction sainte du Sacerdoce, est sacrée, et les fidèles, ceux du moins qui méritent d'en porter le nom, lui doivent obéissance, respect et affection.

Dans le lieu saint, dans l'Eglise, le curé a droit à la place d'honneur sur tous les laïques, quels que soient les titres et la position sociale de ces derniers.

Le curé n'a au-dessus de lui que l'Evêque et Dieu.

Dans son Eglise, le curé porte l'étole pastorale, emblême de sa haute dignité ; il la porte égalemeut dans l'administration des Sacrements et les diverses fonctions spirituelles qui demandent une certaine solennité.

Jadis, la personne du prêtre était insaisissable par les Juges et les tribunaux laïques ; leur supérieur par sa dignité, il échappait à l'ignominie d'être jugé par eux.

Il n'en est plus de même aujourd'hui. Notre pauvre société sape de plus en plus l'autorité sacrée du prêtre, et s'efforce de la ravaler au dessous des plus modestes fonctionnaires civils.

C'est un malheur et j'ajoute que c'est un crime !

Le prêtre, le sacerdoce catholique, c'est le phare lumineux qui doit éclairer la foule des croyants; affaiblir cette lumière, la voiler par d'infâmes procédés, aux pauvres *nautonniers* lancés sur la haute mer du siècle, n'est-ce pas exposer au naufrage et à une mort désespérée, les âmes filles du Christ roi du monde ?

C'est néanmoins le grand crime moderne.

L'heure sonnera, ce sera l'heure du Christ ; il se lèvera dans sa fureur, et ses ennemis tremblants de-

vant sa face, s'enfuiront à tout jamais dans le **sein**
des ténèbres !

« Exsurgat Deus, et dissipentur inimici ejus; et fut
« giant qui oderunt eum, a facie ejus ! »

Curés, archiprêtres, curés-doyens, curés de 2ᵉ classe, curés ruraux ou de 3ᵉ classe

Différence qui existe entre eux.

Tout d'abord, mon cher ami, il importe de se
rendre compte, succinctement du moins; de la cons-
titution de l'Eglise Catholique, comme société agis-
sante, militante, si ce dernier mot vous sourit davan-
tage.

Vous êtes trop intelligent et trop bon chrétien pour
ignorer qu'aucune puissance, fut-elle comparable à
celle de Louis XIV ou de Napoléon 1er; qu'aucun
pouvoir humain, militaire ou civil, qu'aucune société
terrestre en un mot, n'ont des promesses de stabilité
ici-bas.

L'Eglise de Jésus seule, ayant à sa tête ce chef invi-
sible, vivant et personnifié dans le Pape successeur de
Pierre, est une société complète, parfaite, pouvant et
devant jouir d'une indépendance absolue nécessaire
à son action sur les âmes.

8

Société parfaite instituée par le Dieu homme, n'est-elle donc pas toujours au-dessus de tous les pouvoirs humains ?

Qui donc leur donnerait le droit de la conseiller, de la diriger, voire même de l'opprimer et d'étouffer sa voix ?

Ne serait-il donc plus vrai que c'est à l'Eglise au contraire par ses ministres, qu'il appartient encore d'exercer sur tous les pouvoirs catholiques quels qu'ils puissent être, son autorité sainte et civilisatrice, sa royale et paternelle suprématie ?

Le pape successeur de Pierre, le Pape évêque de Rome et évêque des évêques de Dieu, est la première et la plus auguste royauté qui soit sur la terre.

Aux promesses du temps, car il doit voir la consommation des siècles et subsister debout en souverain impérissable au milieu des ruines des sociétés humaines, il a des promesses d'éternité.

A qui veut et sait comprendre ces choses, l'Evêque et le prêtre, l'humble curé de campagne lui-même, apparaissent sous leur véritable jour, sous les rayonnements de la lumière évangélique ; et l'Evêque et le prêtre sont grands, de la grandeur même de Jésus-Christ ! —

Après cela, mon cher ami, que de petits et vains tyranneaux de village oppriment parfois le prêtre ; s'élèvent contre son autorité incontestable, et en arrivent trop souvent à se persuader que les mandataires du pouvoir civil ont la primauté sur les mandataires et les ministres de Dieu, c'est une prétention qui rappelle celle du serpent, aux prises avec la lime d'acier.

L'Eglise et ses ministres peuvent et savent souffrir, mais l'Eglise ne peut mourir !

Elle recouvre de terre ceux qui la persécutent et l'outragent, trop heureuse si elle a pu les bénir et les pardonner !!!

Donc, dans cette admirable société de l'Eglise catholique, l'Evêque, qui possède la plénitude du sacerdoce, en exerce la bienfaisante action et l'autorité, sous la surveillance et la direction suprême du Pape, successeur de Pierre, évêque des évêques de l'Eglise Universelle.

Immédiatement au dessous de l'évêque, il n'y a que le prêtre : et le prêtre est inférieur à l'évêque uniquement; 1° parce qu'il n'a pas comme ce dernier la plénitude du Sacerdoce. La part qui lui en a été conférée, est néanmoins suffisante pour exercer sur le troupeau que l'évêque lui confie, la bienfaisante action des sacrements.

2° Parce que le prêtre ne peut comme l'évêque, reproduire, engendrer sans cesse, perpétuer le Sacerdoce, jusqu'à la consommation des âges.

Voilà, mon cher ami, la différence vraie, essentielle,

qui existe entre l'évêque et le prêtre, Tout le reste découle naturellement de ces grands principes fondamentaux et s'explique facilement.

Quelle différence y a-t-il maintenant entre un archiprêtre, un curé-doyen, un curé de 2ᵉ classe, et un curé rural ou de 3ᵉ classe ?

Comme sacerdoce, comme pouvoir d'ordre, comme prêtrise en un mot, mais, mon cher ami, il n'y en a aucune.

Le curé de campagne, n'eut-il sous sa dépendance ou sa juridiction spirituelle que trente ou quarante paroissiens, possèderait toujours cependant la même et égale portion de sacerdoce, que l'archiprêtre, le doyen ou le curé de seconde classe.

Un axiome proverbial bien connu pourrait à la rigueur vous suffire, et me dispenser d'autres détails sur la matière.

Voici l'adage qui s'applique à l'archiprêtre, au doyen, au curé de 2ᵐᵉ classe, dans l'arrondissement ou archiprêtré, dans le canton ou doyenné, eu égard aux autres curés ruraux ou de 3ᵐᵉ classe.

L'archiprêtre est *primus inter pares*

— « Le premier parmi des égaux. »

De même le doyen dans son canton est et reste pour les autres curés du doyenné : « le premier parmi des égaux. »

Du reste aucun de nous, n'a jamais que je sache,

cherché à secouer cette primauté purement honori-
fique.

En règle générale, les honneurs ou préséances que
les titres d'archiprêtre ou de doyen confèrent, sont
légitimement acquis d'avance aux titulaires. Nos évêques choisissent presque toujours des prêtres recom-
mandables par la haute valeur de leurs vertus, de leur
science théologique et par la modération de leurs ten-
dances.

Leurs égaux comme prêtres, les curés de troisième
classe sont heureux de leur rendre les égards et les
honneurs que leur titre confère.

Les fonctions actuelles des archiprêtres se bornent
à une sorte d'inspection sur les curés de leur archiprêtré. Ils visitent les paroisses ; installent les nou-
veaux curés, président, indiquent et tiennent les con-
férences ; transmettent les mandéments et les saintes
Huiles aux curés.

Les statuts des Diocèses règlent leurs fonctions.

Ils sont tenus du reste de ne rien faire que ce qui
leur est formellement ordonné par l'Evêque. — Du
reste aussi ils n'ont aucune juridiction proprement
dite ni au for extérieur ni au for intérieur, sur les
paroisses de leur archiprêtré ; ils peuvent même être
privés de leurs fonctions d'archiprêtres par la volonté
de l'Evêque : ils ont besoin par conséquent de la permission du curé pour quelque fonction que ce soit,

qui ne serait pas expressément portée dans leur commission.

Chaque archiprêtré est divisé en doyennés à chacun
desquels on donne pour chef un prêtre qui prend le
nom de curé-doyen ou de doyen rural.

Ils exercent dans leur doyenné à peu près les mê-
mes fonctions que l'archiprêtre.

Il dépend de l'Evêque de leur donner une juridiction plus ou moins étendue, comme il peut le faire
également pour tout autre prêtre qu'il juge apte à
remplir ce rôle.

L'Evêque est en effet le dépositaire de toute la puissance spirituelle, et tous les prêtres ses coopérateurs
sont sous sa dépendance.

L'ordre admirable qui règne généralement dans tout
le corps ecclésiastique prouve d'une façon péremp-
toire que la plus sainte et la plus noble autorité, c'est
bien celle de l'Eglise.

La dénomination de desservant convient-elle au
curé de village résidant dans sa cure ?

Elle ne lui convient nullement.

Le curé de campagne, comme il a été déjà dit plus
haut est curé de troisième classe ; il a charge d'âmes
comme les archiprêtres ou les doyens, et comme eux

aussi, il a le droit de revendiquer son vrai nom ou titre de curé.

Les articles organiques ou Loi du 18 Germinal an X (8 avril 1802) publiés par Napoléon I⁣ᵉ d'abord après le concordat, fait avec le Pape Pie VII (10 sep'. 1801) n'ont jamais été reconnus par sa Sainteté.

Or, dans la section IV desdits articles, l'article 31 parle de desservants, qui exerceront leur ministère sous la surveillance des curés, et qui seront approuvés et révocables par l'Evêque.

Au Consistoire du 24 Mai 1802, Pie VII annonça aux Cardinaux, qu'il avait demandé le changement ou la modification des articles organiques, comme ayant été rédigés sans sa participation et étant opposés à la discipline de l'Eglise.

La conclusion est bien facile à tirer.

Ces fameux articles organiques, qui mériteraient bien plus justement le nom d'*Extravagants*, (*extrà corpus Juris vagantes*), causèrent un profond chagrin au souverain Pontife et il fit exprimer hautement sa douleur au Ministre des affaires extérieures.

L'Episcopat les désapprouva à son tour, et dans une Lettre adressée au Souverain Pontife, le 30 Mai 1819, trois cardinaux, soixante-quatorze archevêques ou évêques, exprimèrent à sa Sainteté leurs sentiments **sur lesdits articles.**

Le temps, mon cher ami, prit-il le nom de siècles ne prévaudra jamais contre le droit.

Le nom de desservant dans le sujet proposé, ne peut et ne doit s'appliquer à un prêtre, que dans *un seul cas.*

Le *desservant* en effet est un prêtre chagé de remplir les fonctions ecclésiastiques dans les paroisses dont les cures sont *momentanément vacantes*, ou dont les curés titulaires sont *frappés d'interdit.*

Comme vous le voyez, le desservant n'est pas un *titulaire* mais un *intérimaire.*

C'est ainsi, envers et contre tous les récalcitrants, que l'a toujours entendu le Droit Canonique et l'ancien droit civil ecclésiastique.

C'est donc à tort que les articles organiques désignent sous le nom de desservants les curés des paroisses appelées succursales.

C'est une innovation qui n'a jamais reçu l'approbation de Rome.

Encore ici la conclusion est par trop facile à tirer. Mais pourquoi, m'avez-vous dit plusieurs fois, les journaux même catholiques, plusieurs ordos Diocésains, emploient-ils encore le nom de desservant lorsqu'il s'agit d'un curé de troisième classe ?

La réponse sera brève : c'est un abus, j'ajoute que c'est presque une insulte.

Voulez-vous de nouvelles et grandes autorités à l'appui ?

N. S. Père le Pape Pie IX de douce et radieuse mémoire, consulté à Rome par M. l'abbé Célérier notre compatriote, mort depuis curé de Saint-Emilion, sur le chapître des desservants répondit textuellement à ce digne ecclésiastique — « J'ai toujours dit que je « ne reconnaissais pas de *desservants*, Tout prêtre « *(qui curam habet animarum) est curé*. Tout curé « est en droit inamovible. C'est du Droit Canon. Li-« sez le Concordat, il ne reconnait lui aussi que des « curés. Je repousse les articles. Je *n'admets pas*, je « supporte simplement l'adnutum épiscopal, car il « est anti-canonique, et la discipline est pour tous. »

Ce sont les propres paroles du Pape, recueillies fidèlement à Rome, par l'ancien et pieux curé de Saint-Emilion.

N'est-il pas vrai, mon cher ami, qu'elles sont assez expressives ?

Un évêque vivant encore, de la Province de Bordeaux, évêque justement renommé par sa science canonique et par la sainteté de sa vie, disait du haut de la chaire en pleine retraite ecclésiastique au mois de Juillet 1879 à tous ses prêtres assemblés : « Je ne re-« connais parmi vous, Messieurs, que des curés, des « aumôniers, ou des vicaires. Le terme de desservant « est à mes yeux une insulte que je ne vous infligerai

« jamais. L'Ordo de mon Diocèse ne le renfermera
« jamais. N'est-il pas facile de se reconnaître quand
« même, sans employer un terme anti-canonique ? »

Donc mon cher ami, bannissez l'épithète malso-
nante ce : *Diabolus in musicâ* qui ne se résoud que
sur des accords dissonants. Comme Pie IX, comme
le digne évêque dont je viens de vous retracer les paroles expressives, appelez curé toujours et partout,
l'ecclésiastique qui résidant dans sa cure, a charge
d'âmes.

Que penser de l'amovibilité du curé de campagne ?

Pour mon humble part, j'en pense peu de chose.
De fait, les curés de troisième classe sont actuellement amovibles *(ad nutum Episcopi.)* En droit, mon
cher ami, vous savez ce qu'en pensait Pie IX.

L'archiprêtre est inamovible, le doyen l'est aussi,
le curé de seconde classe également, pourquoi le
curé de troisième classe ne le serait-il pas ? N'est-il
pas aussi parfaitement pasteur et curé que ses frères
privilégiés ?

Par les temps difficiles et troublés que nous tra-
versons, le curé de campagne rendu de droit inamovible, aurait en main une arme aussi précieuse que
redoutable, contre les ennemis de notre sainte reli-

gion ; et pour le bien des âmes, du troupeau cher à son cœur, quelle précieuse garantie également d'ordre paroissial, d'œuvres poursuivies et complétées, de réorganisation matérielle et morale !

Qu'en pense l'illustre et bien aimé Pontife, notre grand Pape Léon XIII ? Je l'ignore.

C'est à Rome, à Rome seule qu'il appartient d'un mot, de trancher cette question.

Et si Rome parle, la cause sera gagnée et finie : »

« *Roma locuta est, causa finita est !* — »

Sur ce mon cher et bon ami, laissez moi vous serrer la main et vous dire dans un adieu de frère : «Ef-
« forçons-nous par la sainteté de notre vie, par une
« pénitence sérieuse et qui lave toutes nos misères
« et nos fautes, de nous rendre inamovibles un jour
« dans la grande Patrie des âmes fidèles ! »

  « Tout soleil luit, s'élève et tombe,
  « Tout trône est artificiel ;
  « La plus haute gloire succombe,
  « Tout s'épanouit pour la tombe
  « Et *rien*, n'est *stable* que le ciel ! »

(J. Reboul.)

A LA MADONE

LE REGINA CŒLI, D'HENRI ROCHEFORT

Toi que n'osa frapper le premier anathème,
Toi qui naquis dans l'ombre et nous fis voir le jour,
Plus reine par ton cœur que par ton diadême,
Mère avec l'innocence et vierge avec l'amour,

Je t'implore la haut comme ici-bas je t'aime,
Car tu conquis ta place au céleste séjour,
Car le sang de ton Fils fut ton divin baptème
Et tu pleuras assez pour régner à ton tour.

Te voilà maintenant près du Dieu de lumière,
Le genre humain courbé t'invoque la première
Ton sceptre est de rayons, ta couronne est de fleurs ;

Tout s'incline à ton nom, tout s'épure à ta flamme,
Tout te chante, ô Marie ! et pourtant, quelle femme,
Même au prix de ta gloire eut bravé tes douleurs ?

(H. ROCHEFORT)

LE CURÉ MORT

Son visage était calme et doux à regarder ;
Ses traits pacifiés semblaient encor garder,
La douce impression d'extases commencées ;
Il avait vu le ciel déjà dans ses pensées,
Et le bonheur de l'âme, en prenant son essor
Dans son divin sourire était visible encor ;

Un drap blanc, recouvert de sa soutane noire,
Parait son lit de mort ; un crucifix d'ivoire
Reposait dans ses mains sur son sein endormi,
Comme un ami qui dort sur le cœur d'un ami ;
Et, couché sur les pieds du maitre qu'il regarde,
Son chien blanc, inquiet d'une si longue garde
Grondait au moindre bruit, et, las de le veiller,
Ecoutait si son souffle allait se réveiller,
Près du chevêt du lit, selon le sacré rite,
Un rameau de buis sec trempait dans l'eau bénite !
Ma main avec respect le secoua trois fois,
En traçant sur le corps le signe de la Croix.
Puis je baisai les pieds et les mains : le visage
De l'immortalité portait déjà l'image,
Et déjà sur son front, où son signe était lu
Mon œil respectueux ne voyait qu'un élu.
Puis avec l'assistant disant les saints cantiques
Je m'assis pour pleurer près des chères reliques,
Et priant et chantant et pleurant tour à tour,
Je consumai la nuit et vis poindre le jour
Près du seuil de l'église, au coin du cimetière,
Dans la terre des morts nous couchâmes la bière ;
Chacun des villageois jeta sur le cercueil
Un peu de terre sainte en signe de son deuil ;
Tous pleuraient en passant, et regardant la tombe
S'affaisser lentement sous la cendre qui tombe ;
Chaque fois qu'en tombant la terre retentit
De la foule muette un sourd sanglot sortit.
Quand ce fut à mon tour : « O saint ami, lui dis-je,
« Dors, ce n'est pas mon cœur, c'est mon œil qui s'afflige;
« En vain je vais fermer la couche où te voilà,
« Je sens qu'en ce moment mon ami n'est plus là !..
« Il est où ses vertus ont allumé leur flamme !
« Il est où ses soupirs ont devancé son âme ! — »
Je dis ; et tout le soir attristant ces déserts,
La cloche en gémissant le pleura dans les airs,

Et, mêlant à ses glas des aboiements funèbres,
Son chien, qui l'appelait hurla dans les ténèbres.

(D. LAMARTINE.)

BREF DE SA SAINTETÉ LE PAPE LÉON XIII

AU SANCTUAIRE DE NOTRE-DAME DE TOUT-ESPOIR

N. S. Père le Pape Léon XIII désireux de voir les pèlerinages se succéder au sanctuaire de la Madone, pour l'Exaltation de la Sainte Eglise et le salut de la France, vient d'enrichir naguère de précieuses indulgences le culte de Notre-Dame de Tout-Espoir, dans la paroisse de Saint-Genès de Lombaud. C'est la plus belle, c'est la meilleure récompense que nous pouvions ambitionner pour prix de bien modestes efforts de restauration.

Longue vie encore au Pontife bien-aimé, qui n'a pas oublié la Vierge séculaire ! Que l'illustre octogénaire, le saint vieillard d'Israël, puisse parcourir son siècle entier, et que Notre-Dame de Tout-Espoir lui donne un jour au ciel la récompense réservée aux généreux Docteurs de la Foi, aux Pontifes intègres et vigilants !

Tels sont nos vœux, Très Saint Père, et tous les

jours, et à chaque pèlerinage solennel au sanctuaire de Tout-Espoir, nous unirons votre nom béni, à celui de notre pauvre et chère France !

BREF PONTIFICAL

LEO PP. XIII

*Universis Christifidelibus præsentes Litteras inspec-
turis, salutem et apostolicam Benedictionem*

Ad augendam fidelium religionem animarum que salutem, cœlestibus Ecclesiæ thesauris pià charitate intenti, omnibus utriùsque sexûs Cristifidelibus verè pœnitentibus et confessis ac sacrâ communione refectis, qui Sanctuarium cui nommen — Nôtre-Dame-de-Tout-Espoir, situm intrà fines Parœciæ de — Saint-Genès-de-Lombaud, Diœcesis Burdigalen. sis, festivitatibus Nativitatis et Annuntiationis B. V-Mariæ Immaculatæ, necnon die decimâ sextâ Julii, et Dominicâ secundâ mensis Octobris, a primis Vesperis usque ad occasum solis dierum hìcd, singulis annis devoté visitaverint, ibique pro Christianorum Principûm concordiâ, hœresum extirpatione, peccatorum conversione ac Sanctœ matris Ecclesiæ Exaltatione pias ad Deum preces effuderint, quo die ptòrum idegerint, Plenariam omnium peccatorum suorum Indulgentiam et remissionem, quam etiaim animabus Christifidelium, quœ Deo in charitate conjunctœ ab hâc luce migraverint, per modum suffragü applicari posse indulgemus.

Prœsentibus ad Decennium valituris.

Datum Romœ apud Sanctum Petrum sub annulo Piscatoris die XVIIIâ Decembris MDCCCLXXXIX, (1889) Pontificatûs Nostri anno duodecino.

Locus Sigilli S. S. Pontificis

M. CARD. LEDOCHOWSKI

LÉON XIII PAPE,

A tous les fidèles chrétiens, qui les présentes Lettres verront, Salut et Bénédiction Apostolique.

Afin de voir s'accroître la religion des fidèles et pour le salut des âmes, dépositaire des célestes trésors de l'Eglise et le cœur rempli d'une sainte charité à tous les fidèles de l'un et de l'autre sexe, qui vraiment contrits, absous au saint tribunal et nourris de la Sainte Eucharistie, visiteront le Sanctuaire de Notre-Dame-de-Tout-Espoir, situé dans la paroisse de Saint-Genès-de-Lombaud, Diocèse de Bordeaux, aux fêtes de la Nativité (8 septembre) et de l'Annonciation (25 Mars) de la B. V. Marie-Immaculée ; ainsi que le 16 Juillet (N. D. du Mont-Carmel), et le second Dimanche d'octobre (Maternité de la B. V. Marie), depuis les premières Vêpres jusqu'au coucher du soleil des dits jours, chaque année et qui prieront

Dieu avec ferveur dans le dit sanctuaire, pour la concorde entre les Princes chrétiens, pour l'extirpation des hérésies, pour la conversion des pêcheurs, pour l'Exaltation de la sainte-Eglise notre mère, aux jours susdits.

Accordons l'Indulgence et la rémission Plénière de tous leurs péchés, et voulons en outre que cette Indulgence soit applicable par mode de suffrage, à tous les fidèles défunts.

La présente lettre sera valable durant le cours de dix années.

Donné à Rome près de Saint-Pierre, sous l'anneau du Pêcheur, le XVIIIᵉ jour de Décembre MDCCCLXXXIX, (1889), la douzième année de Notre Pontificat.

†   M. Card. LÉDOCHOWSKI.

Lieu du Sceau Pontifical.

Le présent Bref a été soumis au visà de Mʳ. Petit, Vicaire Capitulaire de l'Archidiocèse de Bordeaux, et muni du sceau du Chapitre de la Métropole.

━━━━●▷◁●━━━━

A MOUNSÉGNUR CŒURET, ABESCO D'AGEN

QU'APRÈS SOUN PÉLÉRINATYO

A NOSTO-DAMO DÉ TOUT-ESPOUER.

LOU DILUS 9 DÉCÉMBRO 1889

M'EMBIÉT UNO ESTOLO D'AOUNOU.

- - —o→✥⚬✥←o— -

L'ESTOLO D'AOUNOU

... « à la bito, al coumbat, à la mort! »

Princé dé la Gleïso, és doun bray,
Quan bengùros din nosto plàno,
Al foun dé la mùdo campagno
Préga la Bierjos nosto may ;
Quan pér la saluda, dé la bilo bézino,
Dé la tan béziado Créoun,
Fièro dé sé masta sul tap dé la coulino
Et d'esta may d'un grand cantoun ;

Débalèros din la carréro
Cap à la Bierjos séculèro
Furos counten dé tout qué may !..
Et dé la Gleïso négrilloùzo,
Et dé la Bierjos piétadoùzo,
Et d'un Calbèro qué sé fay !..
Jou, paourot, huroùs dé récébro,
L'abèsco aymat, déja célèbro
            Per soun gran cò,
Mastéri moun esprit sur la sento mountàgno,
Moun discours brounzinét, et pér nosto campàgno
            Troubèt écho !..

Et bous, Princé, a qui bous salùdo
A qui cantèt bosto bengùdo
Baillats une estolo d'aounou !..
Sento Bierjos, ah ! quès doun poulido !..
D'or, d'argen, dé lugréts claoufido
Pér bous l'escriòuro, ah léy sur jou !..
Abésco, oh mercio !. à la bito,
Al coumbat, à la réussito,
    La pourtarey !..
Et sù moun co... quan la mort glaço
Un jour al Céou pèr préno plaço
    La gardarey !..

L'ÉTOLE D'HONNEUR

... « à la vie, au combat, à la mort !..»

à Monseigneur Cœuret-Varin, Evêque d'Agen, lequel après un pèlerinage à Notre-Dame de Tout-Espoir, le lundi 9 Décembre 1889, m'envoya une étole d'honneur.

L'ÉTOLE D'HONNEUR

Prince de l'Eglise, il est donc vrai,
Quand vous vintes dans notre vallée
Au fond de la campagne muette
Prier la Vierge notre mère ;
Quand pour la saluer, de la ville voisine,
De la tant vaniteuse Créon,
Fière de s'étaler sur le plateau de la colline
Et d'être mère d'un grand canton,

Vous descendites dans la plaine
Droit à la Vierge séculaire
Vous futes content de tout au delà de toute expression !
Et de l'Eglise noircie par les siècles
Et de la Vierge miséricordieuse
Et d'un Calvaire en construction !
Moi, pauvret, heureux de recevoir
L'Évêque aimé déjà célèbre
   Par son grand cœur
J'exhaussai mon esprit sur la sainte montagne,
Mon discours retentit et de par nos campagnes
   Trouva de l'écho.
Et vous, Prince, à qui vous salue,
A qui chanta votre venue
Vous donnez une étole d'honneur !
Sainte-Vierge ! ah qu'elle est donc belle !
D'or, d'argent, d'éclairs semée,
Pour vous l'écrire, je l'ai sur moi !,
Évêque, oh merci ! à la vie
Au combat, à le réussite
   Je la porterai !
Et sur mon cœur quand la mort le glacera.
Un jour au ciel pour prendre place
   Je la garderai !.

TARIF

ET RÈGLEMENT DES PÈLERINAGES

au Sanctuaire
de Notre-Dame de Tout-Espoir

On nous a prié de vouloir bien tracer dans ce volume des archives, le tarif et le règlement des pèlerinages.

Le Conseil de Fabrique dans sa séance de Quasimodo, après avoir délibéré sur le sujet, a arrêté ce qui suit, le soumettant humblement à l'approbation de l'autorité diocésaine.

1º Tarif des Pèlerinages

La somme de *vingt francs* sera remise à Monsieur le curé de Saint-Genès, à chaque pèlerinage par Messieurs les Directeurs.

Cette somme sera répartie comme suit :

1º Sonnerie des deux cloches à l'arrivée des pèlerinages, aux messes, aux offices de l'après-midi et au départ, pour M. le sacristain . . . . 5 f. »

2º Luminaire de la journée et illumination aux vêpres. . . . . 10 »

3º A l'enfant-sacriste chargé de faire toucher les objets religieux à la Madone, pour la journée et pour tous frais 2 50

4º A la Fabrique pour frais de culte. . . 2 50

Total des frais. . . . 20 f. »

2º Règlement des Pèlerinages

On avertira M. le Curé du sanctuaire de N.-D. de Tout-Espoir de l'heure à laquelle le pèlerinage doit arriver. .

M. le Curé ira à la rencontre des pèlerins avec la Croix et les enfants de chœur ; pendant ce temps les cloches sonneront à toute volée.

Arrivée au Sanctuaire au chant de l'Ave Maris Stella ou du Magnificat.

Messes, communions et instructions.

A 2 heures, au son de la petite cloche, réunion à l'église où l'on récitera le chapelet aux intentions du Souverain Pontife.

Ceux qui voudront se faire recevoir du Scapulaire, faire indulgencier des chapelets, croix, médailles, pourront, après la récitation du chapelet, se présenter près de la table de communion.

M. le curé de St-Genès se mettra à la disposition des pieux fidèles.

A 3 heures, vêpres, instruction, consécration à N.-D. de Tout-Espoir, procession au Calvaire.

Au retour, bénédiction du Très Saint-Sacrement.

Cantique d'adieux à la Madone.

Départ.

Messieurs les ecclésiastiques pourront, en s'entendant avec M. le curé du sanctuaire de la Madone de Tout-Espoir, modifier le présent règlement et l'accommoder à leurs besoins et à ceux de leurs pèlerins,

Monsieur le curé de St-Genès se mettra tout entier à la disposition de ses bons confrères, heureux de leur être agréable et utile même s'il se peut.

NOUVELLES FAVEURS

accordées au Sanctuaire, par N. S. Père le Pape
Léon XIII.

Le Souverain Pontife vient d'accorder de nouvelles faveurs spirituelles au vénéré sanctuaire de Notre-Dame de Tout-Espoir.

Une pétition rapidement couverte des signatures de tous les nombreux amis de la Madone séculaire, a touché le cœur du Saint-Père.

Monseigneur d'Armaillacq, chanoine honoraire de Bordeaux et actuellement à St-Louis-des-Français à Rome, a bien voulu se charger de faire aboutir les démarches et de présenter la supplique en cour de Rome.

L'autel dédié à Notre-Dame de Tout-Espoir devient désormais par un Bref Pontifical, l'Autel privilégié (28 Mai 1890).

Tout prêtre qui y célèbrera la Sainte messe, *servatis servandis*, pourra gagner, deux fois par semaine, l'Indulgence plénière pour les défunts.

En outre, et personnellement à M. Soulerain, curé du sanctuaire de la Madone, les faveurs et privilèges suivants sont accordés pour l'utilité de tous les pieux pélerins.

1° Faculté d'imposer le scapulaire du Mont-Carmel.

2° D'attacher aux chapelets et aux rosaires les Indulgences apostoliques et celles de Sainte Brigitte.

3° Aux crucifix, les précieuses Indulgences du Chemin de la Croix et de la bonne mort.

4° Enfin aux statues, images, médailles et autres objets religieux, les Indulgences apostoliques.

C'est assez clairement démontrer aux pieux pèlerins, combien le Souverain Pontife est heureux de les voir accourir de plus en plus nombreux, au vénéré sanctuaire, pour y prier, aux pieds de Notre-Dame de Tout-Espoir aux Intentions spécifiées dans le Bref du XVIII Décembre 1889.

NOUVEAU BREF PONTIFICAL DE S. S. LE PAPE LÉON XIII

AU SANCTUAIRE DE N.-D. DE TOUT-ESPOIR

Nous sommes heureux de livrer aux pieux lecteurs de nos Archives, le texte latin du Bref Pontifical, adressé naguère au Sanctuaire de la Madone.

Ecrit dans ce bel idiome dont la cour romaine possède si bien tous les harmonieux secrets, nous sommes assurés que tous nos amis se réjouiront avec nous de ce nouvel et haut hommage rendu à la Madone séculaire.

C'est un Lieu saint, *(sacra Loca)*, que le Pontife entend *décorer (decoramus)* ; c'est la Madone des siècles passés que notre grand Pape, par une faveur singulière *veut illustrer (speciali dono illustrare)* ; cette faveur accordée *à perpétuité* à l'autel de l'antique Madone va réjouir tous les bons prêtres de la région et les amis dévoués de la Vierge du Moyen-Age.

Voici le texte fidèle du Bref papal, visé et contresigné par M. Petit, vicaire capitulaire.

LEO P. P. XIII
Ad perpetuam rei memoriam.

Omnium saluti paternà charitate intenti, sacra interdùm Loca spiritualibus indulgentiarum mineribus decoramus, ut indè fidelium animæ D. N. Jesu-Christi Ejusque sanctorum suffragia meritorum consequi et illis adjunctæ a Purgatorii pœnis ad æternam salutem per Dei misericordiam perduci valeant.

Volentes igitur parochialem Ecclesiam loci vulgò de Saint-Genès-de-Lombaud nuncup, diœcesis Burdigalensis, dictæ que Ecclesiæ altare B. Mariæ Virgini quæ de Tout-Espoir, appellatur, dicatum, dummodo præter unum ad septennium et aliud vi facultatis ordinario ab Apticâ sede forte concessœ, designatum vel designandum nullum inibi Privilegiatum altare reperiatur concessum, hoc speciali *dono illustrare* de omnipotentis Dei misericordiâ ac B. B. Petri et Pauli aptòrum ejus aûcte confisi, ut quandocumque Sacerdos aliquis sœcularis vel Regularis, missam prò animâ cujuscumque Christifidelis quœ Deo in charitate conjuncta ab hâc luce migraverit ad prœfatum altare celebrabit, anima ipsa de thesauro Ecclesiœ per modum suffragii Indulgentiam consequatur, et D. N. Jesu-Christi Sanctorum que omnium meritis sibi suffragantibus a Purgatorii pœnis, si itâ Deo placuerit, liberetur concedimus et Indulgemus.

In contrarium facien non obstant quibque,
Prœsentibus in Perpetuum valituris.

Datum Romœ apud S. Petrum sub annulo Piscatoris, Die XXI Maü MDCCCXC, Pontificatûs Nostri anno Decimotertio.

†

Locus Sigilli   M. Card. Lédochowski.
S. S. Pontificis
Léonis XIII.

vidimuns et executioni mandavimus.
A. Ch. Petit, vic, cap.

UN ENCOURAGEMENT ET UN SOUVENIR
D'OUTRE-TOMBE.

...« Defunctus adhuc loquitur ; et
vox ejus in auribus, sicut dulcis
resonat sonus ! »

En parcourant avec l'intérêt le plus vif, et la persistance la plus vraie, tous les monuments du passé
qui célèbrent à l'envi les souvenir de nos aïeux ; en
fouillant avec une piété filiale, les archives de
notre antique sanctuaire de Saint-Genès, un mandement de S. E. Le Cardinal Donnet, nous tombe providentiellement sous la main :

Ecrite en 1874, après un voyage à Rome, cette Lettre Pastorale de l'illustre compatriote de notre
famille paternelle, viendra dans un résumé rapide,
avec l'autorité de *par delà la tombe*, donner à l'œuvre du Sanctuaire de Notre-Dame de Tout-Espoir, un
encouragement, un appui, un relief incontestables.

Tous nos vénérés et bons confrères, tous ceux qui
dans nos contrées, avec les intentions les plus pures,
hésitent encore et se taisent, n'osant ni louer ni blâmer notre œuvre de loyale et pieuse restauration,
nous sauront gré cependant de placer sous leurs
yeux quelques fragments de cette Lettre Pastorale.

Elle porte le nᵒ 251 et presque tous les prêtres la
reliront avec charme, heureux de parcourir ces

pages écrites avec limpidité, avec cette grâce et cette douce poésie, dont le style du bon Cardinal avait le secret !

Après nous avoir dépeint avec toute son âme et la merveilleuse mémoire dont elle était douée, les splendeurs de l'Italie et de sa capitale ; après nous avoir redit les grandeurs et les tristesses de Pie IX, Son Eminence Mgr Donnet entre en matière dès l'article 11 de son mandement.

Parlez-nous, ô bon Père, ô bon Archevêque, parlez-nous encore avec cette aimable et irrésistible simplicité qui charmait nos oreilles aux jours lointains du collège et de nos séminaires !

. . . .

. . . .

« Vous ne pouvez pas tous aller à Rome ; un « grand nombre d'entre vous est même privé de sui-« vre les pieuses caravanes qui, de Bordeaux, se « dirigent vers les Basiliques des pays éloignés. « Mais notre Archidiocèse ne nous offre-t-il pas lui-« même des lieux de pèlerinage qui ne vous laissent « rien à envier ?

« Outre les sanctuaires si connus et si aimés de « Verdelais, de Talence, de Notre-Dame-de-Lorette, « d'Aillas-le-Vieux, de Soulac, de Montigaud et de « Condat, il en est d'autres *qui demandent à revi-* « *vre* et qui n'ont qu'à secouer la poussière qui les

« couvre pour attirer comme autrefois d'innombra-
« bles pèlerins et retrouver leur *gloire première*. Les
« fidèles sauront bientôt reprendre le chemin de
« Plassac, dans le Blayais ; de L'Epinette près de
« Libourne ; de Saint-Michel-de-Rieufret, au canton
« de Podensac ; de Notre-Dame-de-Bijoux, dans le
« Bazadais, et de tant d'autres presque oubliés, *mais*
« *dont l'heure viendra*, comme elle est venue, mal-
« gré les ruines accumulées, pour ceux qui sont
« déjà en possession de réveiller la piété des peu-
« ples. »

. . . .

Le Cardinal Donnet nous trace ensuite l'historique
rapide des pèlerinages oubliés de nos jours, mais si
bien connus de la piété de nos aïeux.

C'est Notre-Dame de Montuzet à Plassac qui
réveille des souvenirs de gloire, le grand nom de
Charlemagne et sa royale ferveur envers Marie (794 à
797).

Au XVme siècle, N.-D. de Montuzet était devenu
un centre de nombreux pèlerinages.

Une confrérie qui subsiste encore de nos jours et
qui a survécu aux ruines amoncelées, nous apporte
en 1890, un écho lointain des splendeurs passées.

Rendons la parole au bon Cardinal.

. . . .
. . . .
. . . .

« Une petite croix et une statue insignifiante
« étaient les seuls vestiges de l'antique et célèbre
« pèlerinage. J'ai été assez heureux, il y a peu de
« temps, pour acquérir, avec l'aide d'un diocésain
« qui ne veut pas être nommé, une colonne en mar-
« bre surmontée d'une statue monumentale. Elevé
« sur un des tertres verdoyants qui dominent le
« fleuve et la voie ferrée, ce monument annonce
« que N.-D. de Montuzet a recouvré tous ses droits
« à nos hommages et à notre confiance.

« Nous avons remis en vigueur les statuts de la
« Confrérie... »

Monseigneur Donnet arrête ensuite ses regards sur
Notre-Dame de l'Epinette près de Libourne. —
Sanctuaire justement cher, dans les siècles de foi,
aux Libournais, aux Sarladais, aux Agenais, aux
Périgourdins et aux Saintongeois.

. . . .

« Ce furent de blanches colombes voltigeant au-
« tour d'un chêne séculaire parsemé d'étoiles, au
« milieu desquelles apparut la couronne d'épines
« rapportée de Jérusalem par St-Louis, qui indiquè-
« rent le lieu de sa présence.

« Les prodiges se multiplièrent et l'affluence gran-
« dit de jour en jour. »

. . . .

. . . .

Eléonore de Guienne, Anne de Bretagne, Louis XI, le Cardinal d'Epinay, archevêque de Bordeaux ; les évêques d'Agen, de Condom et d'Angoulème visitèrent L'Epinette.

Le Père abbé de La Sauve-Majeure y célébra la sainte messe.

Du Guesclin, le Cardinal de Sourdis, Monseigneur de Pontac, un des plus célèbres évêques de Bazas, visitèrent à leur tour N.-D. de l'Epinette.

C'est à son château de la Ligne près de Créon, que Monseigneur de Pontac passait une partie des beaux jours de l'été.

Après l'Epinette, Monseigneur Donnet éprouve une grande consolation en retraçant les origines et les gloires du pèlerinage de St-Michel de Rieufret.

Route des Landes, chemin du pèlerinage, voie romaine conduisant à Compostelle, fidèles pèlerins de la Novempopulanie et des bords de l'Océan, semblent revivre sous la plume imagée de l'illustre écrivain.

Les seigneurs de Montferrand, hauts-justiciers de la contrée, par leurs pieuses largesses enrichirent le sanctuaire de St-Michel de Rieufret.

Le cardinal poursuit.

. . . .

. . . .

« La Confrérie nouvellement érigée compte déjà

« un grand nombre de membres, soit parmi le
« clergé, soit parmi les fidèles de toutes les condi-
« tions ; elle a pour but de ramener à toutes les
« habitudes de la foi par la sanctification du Diman-
« che, et de placer la jeunesse sous la garde de
« Saint Michel, un des grands protecteurs de la
« France, l'ange des bons conseils et des viriles
« résolutions. »

·   ·   ·   ·   ·   ·   ·   ·   ·   ·   ·   ·   ·   ·   ·

·   ·   ·   ·   ·   ·   ·   ·   ·   ·   ·   ·   ·   ·   ·

Avec l'illustre Pontife faisons halte un instant au
sanctuaire de Notre-Dame de Bijoux, dans le Bazadais, à Birac.

Pèlerinage très ancien, ressuscité de nos jours.
Laissons-nous charmer par la poésie enchanteresse
qui découle des lignes suivantes.

·   ·   ·   ·   ·   ·   ·   ·   ·   ·   ·   ·   ·   ·   ·

·   ·   ·   ·   ·   ·   ·   ·   ·   ·   ·   ·   ·   ·   ·

« La chapelle est située sur la crète d'une abrupte
« colline ; à ses pieds coule un ruisseau qui se
« creuse un lit sur des rochers cristallisés, percés de
« grottes ; à quelques pas se trouve une forêt de
« pins qui, sans cesse agités par le vent semblent
« reproduire les mugissements de la mer.

« Pour y arriver, les sentiers sont rares et diffi-
« ciles, ce qui n'empêche pas les fidèles du Bazadais

« et des confins de l'Agenais et des Landes d'y venir
« implorer les divines miséricordes. »

. . . .
. . . .
. . . .

Le bâtisseur d'églises et de clochers, le restaura-
teur infatigable et dévoué de centaines de vieux
sanctuaires, s'émut en 1872 de l'abandon, des ruines
de N.-D. de Bijoux.

En 1873, statue et campanile redisent les gloires
de la Madone oubliée.

Enfin, Monseigneur Donnet, l'infatigable cardinal,
s'arrête à N.-D. de Méliet, dans la paroisse de Gauriaguet, près de Saint-André de Cubzac.

J'ai eu la satisfaction profonde tout à la fois et
l'honneur, jeune diacre, en 1873 de faire halte à
Gauriaguet, près du pasteur plein de zèle, qui gou-
vernait alors cette gracieuse paroisse.

Le bon abbé Tizon réveilla ma muse que la maladie avait rendue muette de longs mois, et je compo-
sais, à la demande expresse de l'excellent curé de
Gauriaguet, le premier cantique, édité depuis, à la
gloire et louange de N.-D. de Méliet.

Le premier aussi, je parcourus en y joignant mes
humbles observations, le recueil ou archives de

10

Notre-Dame que le pasteur allait livrer à l'impression.

Que Notre-Dame de Méliet se souvienne du diacre, depuis prêtre et missionnaire, aujourd'hui sur la brèche et à l'œuvre de restauration du culte de N.-D. de Tout-Espoir, à St-Genès de Lombaud.

« *Vide laborem... et dimitte peccata.* »

« Vois mon labeur, ô Vierge, et daigne oublier, « effacer mes fautes ! »

Nous touchons à la fin de cette étude sur une Lettre Pastorale que tous, amis ou adversaires de notre œuvre, nous saurons gré d'avoir remise en lumière, ne fût-ce que pour entendre, une fois encore, cette voix d'outre-tombe si tendrement chère à tous ceux qui l'entendirent autrefois.

« *Defunctus ad'huc loquitur, et vox ejus in auribus,* « *sicut dulcis resonabat sonus ; vox enim Patris* « *erat !* »

Me blâmerez-vous, ombre illustre, qui fûtes le Père d'un vaste diocèse, si, du haut du Ciel, vous arrêtez un instant vos regards « sur ce champ de « notre labeur et de nos espérances ; me blâmerez- « vous d'avoir élevé à l'image séculaire de la Ma- « done un piédestal glorieux, du haut duquel, reine « de miséricorde, elle bénira désormais ces belles

« contrées de Langoiran, et les terres hospitalières
« du beau canton de Créon ?

« Votre lettre Pastorale m'a répondu déjà, ò bien-
« aimé Pontife, ò Père tendrement aimé, et elle
« m'a dit : — « Va, mon fils, persévère dans cette
« heureuse restauration du culte de N.-D. de Tout-
« Espoir ! Tes adversaires d'aujourd'hui seront tes
« amis demain ; va, je te bénis du sein de mon
« éternelle récompense ! »

A Monseigneur Donnet de reprendre la parole et
de nous dire, bien mieux que je ne le pourrais faire,
quel est la fin réelle, le but mystérieux et fécond ,
de tous ces pèlerinages ressuscités après les doulou-
reuses angoisses de l'année terrible 1870.

.   .   .   .

.   .   .   .

« Il est enfin, nos très chers Frères, d'autres
« points du diocèse où Dieu a fait éclater ses mer-
« veilles et dont nous vous parlerons plus tard. Là
« encore, cependant, se trouvent des *traditions* à
« *reprendre*, des chapelles à remettre en *honneur* !

« Ce sont autant de sources de piété qui ne de-
« mandent qu'un peu d'aide pour jaillir vives et
« fécondes.

« Les hommes prévenus ou à parti-pris murmu-

« rent contre un retour à des pratiques dont la
« vraie cause leur échappe ; et, dans leur impuis-
« sance à l'expliquer, il n'est pas de *récriminations*
« qu'ils ne se *permettent*.

« Et, cependant, quoi de plus *rationnel* pour tout
« esprit réfléchi ?

« C'est un retour vers Dieu par la prière à nos
« Madones, et la politique, (croyez-en ma parole), y
« demeure étrangère. Retrempez-vous, nos chers
« Diocésains, avec une religieuse persévérance, dans
« les sentiments qui animaient vos aïeux, lorsqu'ils
« se rendaient à ces sanctuaires où tout nous parle
« d'eux et de leur foi ! Comme eux, allez y prier
« Marie avec ferveur ; conjurez-la de prendre en
« main notre cause.

« Elle est toujours la protectrice de la France ;
« qu'elle daigne lui continuer son patronage, ani-
« mant de son esprit ceux qui la gouvernent, inspi-
« rant l'amour de l'ordre et de la paix à ceux qui la
« troublent et la divisent !

« Et puissent tous les cœurs se confondre dans un
« même élan de confiance, de charité fraternelle et
« d'amour pour la Patrie !

« C'est là le vœu de votre vieil archevêque ! »

Qu'ajouterions-nous à ces paroles déjà béatifiées
et consacrées par la mort ?

Rien, si ce n'est que les sentiments si bien exprimés dans ces lignes, *furent* et *restent les nôtres*, dans la restauration *des pèlerinages à N.-D. de Tout-Espoir !*

> Cette leçon sera la fin de cet ouvrage,
> Puisse-t-elle être utile aux siècles à venir.
> Je la dédie au pauvre et la présente au sage ;
> Par où pouvais-je mieux finir ?

(REMINISCENCES)

Voici la traduction fidèle et littérale du bref de Sa Sainteté Léon XIII :

BREF PONTIFICAL

adressé au Sanctuaire de N.-D. de Tout-Espoir

LÉON XIII PAPE,

A la perpétuelle mémoire des Présentes Lettres.

Plein d'une paternelle charité pour le salut de tous, nous ennoblissons parfois des sanctuaires par le présent des Indulgences spirituelles, afin que les âmes des fidèles, par les suffrages et les mérites de N.-S. Jésus-Christ et de ses Saints, par la miséricorde Divine, arrivent au bonheur éternel, non moins que les âmes détenues en Purgatoire.

Nous voulons donc par un spécial *privilège, illustrer* l'église paroissiale de Saint-Genès-de-Lombaud dans le diocèse de Bordeaux, et attacher dans la susdite église, à l'autel de la B. V. Marie, honorée sous le nom de Notre-Dame de Tout-Espoir, deux jours par semaine l'*Indulgence plénière*, de telle sorte que tout prêtre, tant régulier que séculier qui célèbrera la sainte Messe à l'autel de la Madone pour un fidèle défunt, par mode de suffrage, par les mérites de N. S. Jésus-Christ, de la B. V. Marie et de tous les Saints, si telle est la volonté de Dieu, que le défunt soit délivré des peines du Purgatoire.

Nous concédons et accordons lesdites Indulgences, confiants dans l'Autorité qui nous a été confiée par la miséricorde divine, non moins que dans les mérites de Jésus-Christ et des Saints Apôtres Pierre et Paul, et pourvu toutefois qu'il n'y ait pas d'autre autel privilégié dans l'église que nous décorons de ces précieuses faveurs.

Nonobstant toutes choses contraires, les Présentes Lettres seront valables *à perpétuité*.

Donné à Rome près de Saint-Pierre, sous l'anneau

du Pêcheur, le XXI mai MDCCCXC, de notre Pontificat la treizième année.

Lieu du sceau
  Pontifical   M. CARD. LÉDOCHOWSKI.

Vidimus et executioni mandavimus, 13 juin 1890.
  A. CH. PETIT, vicaire capitulaire.

FIN

TABLE DES MATIÈRES

CONTENUES DANS LES ARCHIVES,.., ETÇ.

———o⟨⟩⟨⟩⟨⟩o———

CHAPITRE II.

CHAPITRE III

TARBES. — IMPRIMERIE PERROT-PRAT

www.ingramcontent.com/pod-product-compliance
Lightning Source LLC
Chambersburg PA
CBHW071229260626
47162CB00004B/1477